KB093876

손님 물 온도는 적당하세요

손님 물 온도는 적당하세요

•

인쇄일·2023. 10. 15.
발행일·2023. 10. 20.

지은이 | 박상용
펴낸이 | 이형식
펴낸곳 | 도서출판 문학관
등록일자 | 1988. 1. 11.
등록번호 | 제10-184호
주소 | 04089 서울시 마포구 독막로 28길 34
전화 | (02)718-6810, (02)717-0840
팩스 | (02)706-2225
E-mail | mhkbook@hanmail.net

copyright ⓒ 박상용 2023
copyright ⓒ munhakkwan. Inc, 2023 Printed in Korea

값·15,000원

ISBN 978-89-7077-653-8   03810

손님 물 온도는 적당하세요

박상용 수필집

🅜문학관books

일기는 은밀한 이야기를 본인에게 남기는 글이다. 그러나 수필은 개인의 생각과 희로애락을 연단에 올라서서 대중에게 고백하는 반성과 참회의 글이다. 그래서 용기가 필요했다.

2022년 1월 은퇴 후 문화원과 평생교육원에서 글쓰기를 배웠다. 인터넷과 유튜브 강의도 가리지 않고 들었다. 노력이 가상했던지 2023년 봄, 『현대수필』에서 신인상을 받았다. 우연히 들렀던 고향의 폐가에서 옆집에 살았던 소꿉친구 순이를 만난 격이다.

초등학생에게 구구단 가르치듯 글쓰기를 지도해 준 신길우, 김낙효, 오차숙 선생님과 졸작을 성의껏 합평해준 문우께 감사드린다.

수필집 『손님 물 온도는 적당하세요』는 필자의 반성문이고 참회록이다. 지나온 길에 뿌려진 잘못이 넘쳐난다. 그러나 한 편 또 한 편 글을 쓰다 보면 면죄부를 받은 듯 편안함을 느낀다. 중단 없는 글쓰기로 반성하라는 뜻이다.

나의 첫 수필집은 5부로 구성되어 있다. 1부 연인, 2부 가족, 3부 글쓴이, 4부 은퇴 생활, 5부 주변의 단상을 소재로 한 글이다. 평범한 일상을 소재로 나만의 글을 썼다. 이 책을 읽는 모든 분에게 지나온 삶에 대한 작은 위로가 되었으면 좋겠다.

　바쁘신 와중에도 추천의 글을 써주신 서울대학교병원 정신건강의학과 권준수 교수, 국민대학교 조형대학 공간디자인학과 김개천 교수께 감사드린다.
　졸작 60편을 꼼꼼하게 교정해준 해담뜰 음춘야 문우, 오래전에 세상을 떠난 아버지와 어머니, 나의 삶이 고단할 때 버팀목이 되어 주신 장인, 장모께 감사드린다.
　평범한 남자를 최고의 지아비로 평생 치켜세워준 아내, 부족한 아버지를 삶의 표본으로 삼는 딸과 아들에게 고마움을 전한다.

2023. 10. 15.

박상용

권준수

(서울대학교병원 정신건강의학과 교수)

　박상용 작가의 수필집은 자신의 생활 속에서 나타나는 평범하고 사소한 일들을 소재 삼아 푸근하게 글을 풀어나가고 있다. 마치 스웨터 끝의 풀어진 올을 잡아당기면 술술 풀리는 스웨터처럼 박 작가의 글은 자연스럽게 흘러가는 느낌을 받는다. 이 수필은 본인이 이야기하듯이 단순한 수필이 아니고 작가의 개인적 일기이다. 숨기고 싶은 가정사를 수필이라는 형식을 통해 말하는 자신의 고백이다. 불행했을 수도 있었을 어린 시절의 부모에 대한 서운함과 그리움을 글을 통해 승화시킨다. 현재의 자신의 상황을 과거 자신의 부모 심정과 대비시키며 가족이라는 의미를 되새기고 있다.

　박 작가는 『현대수필』에서 신인상을 수상하며 문단에 데뷔했다. 정년퇴직 후 작가로 등단한다는 일은 쉽지 않은 일이다. 아니 오히려 거의 불가능한 일이다. 하지만, 박상용 작가의 자유롭고 어디에 얽매이지 않는 성품과 '연인의 여섯 번째 전시회'에 아마추어 화가로 소개되는 아내의 적극적인 내조로 가능했을 것으로 짐작된다. 「손님 물 온도는 적당하세요」에서 아내의 머리를 감겨주는 박 작가의 모습은 아내에 대한 아련함과 미안함이 잔잔하게 그려진다.

박상용 작가는 글을 쓰는 것뿐만 아니라 사진 찍기, 음악 연주 등 다양한 취미를 가지고 있다. 그리고 뜨거운 중동 지방인 아랍에미리트 왕립 서울대학교병원의 인사국장으로 4년을 근무하면서 자신이나 자신의 생활을 객관적으로 볼 수 있는 시각을 키웠을 것이다. 이런 관점을 통해 작가는 수필집에 다양한 소재를 담고 있음을 보여주고 있다.

이번 수필집에서는 특히 제1부인 「깻잎 한 장의 행복」의 수필들이 인상적이다. "하고 싶은 일이 있다면 '오늘' 하세요. '내일'은 모든 사람에게 주어지는 시간이 아닙니다"라는 '내일 말고 오늘'에 나오는 환자의 말처럼 작가는 우리에게 오늘의 소중함을 강조한다. 내일보다 오늘의 평범한 하루하루의 소중함을 박상용 작가의 수필을 통해 다시 한번 느끼게 된다.

제4부 「은퇴 365일 행복을 만나다」에서는 퇴직 후 아내와 두 사람만의 생활에서 느끼는 감상을 조용한 서체로 담담히 풀어간다. 「책 한 권의 인연」은 상징적으로 긴 인생을 살면서 만나는 인연의 소중함을 찡하게 느끼게 한다. 박상용 작가와의 소중한 인연을 생각하면서, 언제나 응원을 보낸다.

김 개 천

(국민대학교 공간디자인학과 교수)

"나는 차렷 자세보다 짝다리에 뒷짐 지기가 어울리는 사람이다." (「차렷보다 짝다리」 중에서)

저자와 나는 고등학교 3년을 같이 다녔다. 바랜 기억 속 저자를 떠올리기에 부족함이 없는 표현이다. 합천 산골에서 부산으로 유학 와 혼자 살았던 저자의 자취방은 친구들의 아지트였다. 방과 후, 그 방에서 각자의 사복을 갈아입고 시내를 활보했던 철없던 시절로 나를 데려다 놓았다.

추천사를 쓰기 위해 일요일 하루를 꼬박 원고 읽는데 쏟았다. 60편의 글을 통해 저자가 소소하게 일상을 즐기는 법을 알게 했다. 긴 세월 자신의 등에 걸머진 역할들을 내려놓고 자연인으로 돌아온 작가는, 자신의 삶을 무성영화처럼 담담하게 풀어놓아, 읽는 내내 마음이 편안했다. 글을 읽을수록, 그를 이해하고 깊이 알아가게 되었고, 같은 시대를 숨 쉬는 동료로서 저자의 삶에 나의 삶을 비추어보게 되었다.

글을 읽는 동안은, 수필이 '이렇게 삶에 거부감 하나 없이 깊은숨처럼 들이마시며 공감한 적이 있었나?'라는 생각을 갖게 하는 시간이었다. 앞서 퇴직한 저자가 정년을 앞둔 나에게 미리 보내준 퇴직선물처럼 마음 든든함을 느꼈다. 나는 바쁜 일상을 핑계로 퇴직 후 버킷리스트 하나 제대로 마련하지 못했지만, 슬리퍼 끌고 집 근처에서 잔치국수로 배를 채우며, 커피숍 창가에 앉아 드립커피 한 잔 놓고 책을 읽고 싶은 자유롭고 소소한 꿈을 깊게 꾸었다.

수필 '손님 물 온도는 적당하세요'는 삶을 긍정하거나 부정하지도 않는다. 삶의 이면에는 마치 아무것도 없다는 듯 하루하루에 집중하고 살아간다. 이런 모습에서 삶에 대한 강렬한 주장보다, 또 다른 삶의 모델을 제시하는 것 같아 조용히 저자의 삶을 바라보게 한다. 특별한 의미가 있지 않아도 스스로 의미를 부여하고, 삶이 아름다워야 한다는 강박도 없다. 그저 서 있는 곳을 천국으로 만들어가는 저자의 소박하면서도 정열적인 삶이 느껴진다. 저자는 「내일 말고 오늘」에서 '사계절 베짱이로 살고 싶은 나는 풀벌레 친구 삼아 목청껏 색소폰을 불어댈 수 있는 것이다'라고 읊조리며 선물 같은 오늘을 산다.

수필가 박상용의 글은, 고정관념을 버리고 자신을 고백함으로써, 허무할 수밖에 없는 존재의 가벼움과 앞으로 펼쳐질 미래에 대해 답을 구하기보다 현재의 시점에서, 살아온 시간과 삶의 파편들을 다시 정리하고 치유해 나가는 과정을 보여주고 있다. 인생이라는 바다에서 표류하는 우리에게, 삶의 방향을 제시하기보다는 저자의 살아가는 모습으로 삶의 답을 대신하고 있다.

| 목 차 |

제1부 깻잎 한 장의 행복

제2부 할아버지의 막걸리

제3부 집 나간 붕어 한 마리

제4부 은퇴 365일 행복을 만나다

제5부 책 한 권의 인연

제1부

깻잎 한 장의 행복

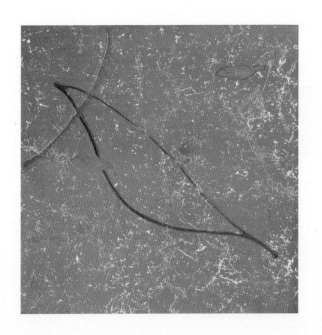

안개꽃 한 송이를 만났다. 24살이었다.
그 꽃을 벗하며 37년을 살았다.

1부는 안개꽃을 사랑하는 연인을 주제로 쓴 10편을 묶었다. 평범한
사람의 특별한 일기다.

손님 물 온도는 적당하세요

"손님, 샴푸 시작하겠습니다. 물 온도는 적당하세요?"

"예, 아주 좋습니다."

"머리 감는 중에 불편하시면 언제든지 말씀해주세요."

어제 안방 세면실에서 아내의 머리를 감겨주며 나눴던 대화다.

3년 전, 집사람은 50대 중반에 늦깎이 석사과정을 시작하면서 코피를 자주 흘렸다. 피는 쉽게 멈추지 않고 양도 많았지만 대수롭지 않게 넘겼다. 얼마 전부터 증세가 심해져서 동네 병원 몇 곳을 전전하다가 급기야 큰 병원을 찾았다. '비강 내 양성 종양'이었고 수술과 향후 추가적인 조직검사가 필요하다는 진단이 내려졌다. 방심하는 사이 불청객은 몇 년 동안 주인 몰래 똬리를 틀고 몸집을 야금야금 키워왔나 보다.

수술 후 퇴원하는 날, 담당 전공의는 이런저런 주의 사항을 질서 정연하게 늘어놓았다.

당분간 코에 부담이 가지 않도록 '무리하지 말 것, 무거운 물건은 들지 말 것, 최소 3주간은 코도 풀지 말 것 등' 지키기 쉽지 않은 주문을 쏟아 냈다.

아내는 '범생이'가 되어 의사의 지시사항을 빠짐없이 따랐다. 얼굴도 제대로 씻지 않았는데 머리를 감았을까?

3주간의 모범적인 칩거를 무사히 마치고 조직검사 결과 보러 병원 가기 전날, 아내는 나에게 머리를 감겨 달라고 했다. 수술한 코 부위에 물이 닿지 않도록 조심하라는 전공의의 당부를 마지막까지 따르기 위해서다.

아내는 세면실 안에 옮겨 놓은 식탁 의자에 앉아, 얼굴을 천장으로 향한 채 목을 뒤로 젖히고 나의 손길을 기다린다. 좁은 욕실에서 두 사람의 호흡이 섞이고, 아내의 얼굴을 내 얼굴보다 더 가까이에서 본다. 세월이 남긴 흔적이 잔주름으로 남아 밭이랑처럼 선명하다. 결혼 36년, 나만 늙고 힘들었던 게 아니었나 보다. 온몸이 아려온다.

"이쪽 아니 저쪽, 저쪽. 좀 더 빡빡."

"아유~ 시원해, 아~ 상쾌해."

머리를 감는 동안 아내는 폭포수 같은 감탄사를 소프라노 톤으로 쏟아 낸다.

서툰 솜씨지만 머리 감기기는 무사히 끝났다.

아내는 능란한 솜씨로 젖은 머리를 매만지며 "여보, 고마워." 하고 배시시 웃는다. 결혼하던 스물다섯 살 때 청아한 미소를 다시 본다.

연인의 여섯 번째 전시회

아마추어 화가에게 개인전은 신명 나면서도 부담스러운 일이다. 전시장소 섭외, 작품 선정 및 배치, 리플릿 제작과 같은 문제를 도맡아 진행해야 하기 때문이다. 비용도 만만치 않다. 그런데도 아마추어 화가들은 도전을 멈추지 않는다. 나의 연인도 그렇다.

3월에 예정된 전시회를 앞두고 1월 초 악재가 발생했다. 연인은 몇 년 전부터 코피를 흘리더니 최근에는 피의 양도 많아지고 횟수까지 잦아졌다. 결국 수술대에 몸을 뉘고 말았다. 수술 결과는 다행히 좋았고 걱정했던 조직검사 결과도 나쁘지 않았다.

'두 달 앞으로 다가온 전시회를 할 수 있을까' 하는 걱정은 나 혼자만의 기우였다.

아마추어 화가의 자존심이 때로는 기성 작가보다 더 단단했다. 계획된 전시회는 수술 정도의 시련으로 포기되지 않았다.

나의 연인은 이십 대에 하지 못한 그림 공부를 오십 대 중반에 끝냈다. 석사학위 논문을 쓰면서 코피를 자주 흘렸다. 흰 휴지를 콧속 깊이 막고 밤을 새우던 모습은 지금 생각해도 안쓰럽다. 그림에 대한 도전은 끝이 없다. 최근에는 버려진 알약을 소재로 새로운 도전을 한다. '환갑이 맞나?' 하는 생각이 자주 든다. 하긴 내 애인은 몸매도, 생각도 여전히 스물다섯 살 공주다.

화사한 꽃이 봄의 왈츠를 추기 시작하는 3월, 한 달의 전시 기회를 내어 준 치유갤러리에 감사할 뿐이다.

'또 다른 나를 찾아⋯'는 연인의 여섯 번째 개인 전시회 주제다. 무수히 많은 자아 중 진정한 '나 다움'을 찾아가는 과정을 화폭에 풀어 놓았다. 40여 작품이 오가는 환자에게 치유를 기원하듯 미소로 인사한다. 그림은 돌담에 내려앉은 햇살처럼 따사하기도 하고 때로는 경이롭기도 하다. 창문을 타고 넘어온 봄기운이 전시 공간 구석구석까지 아지랑이로 퍼진다. 노랑 파랑 흰색 회색 금색이 모든 이[齒]의 치유를 기원한다. 캔버스와 '갤러리 치유[齒You]'가 웃고, 환우와 병원이 마주 보고 웃는다. 코비드에 신음하는 봄이 아니라 치유治癒의 봄이 차고 넘친다.

92세, 연인의 아버지가 헌팅 캡hunting cap으로 멋을 잔뜩 부리며 셋째 딸의 전시회 장소로 행차한다.

89세 어머니가 비니beanie 모자 쓰고 아장아장 납신다. 영국 엘리자베스 여왕 내외가 의장대를 열병하는 장면과 다를 바 없다. 병사를 대신하여 셋째 딸, 내 연인의 그림이 호위무사 노릇을 한다. 너털웃음과 함박웃음에 두 분의 눈이 감긴다. 백수白壽는 떼어 놓은 당상이다.

부모에게 최고의 효도 선물은 자식이 하고 싶은 일을 하며 즐겁게 살아가는 모습을 보여 주는 것이다. 연인의 다음 전시회가 기다려지는 이유가 여기에 있다.

금요일 아침 국수

"여보! 우리 내일 아침 잔치국수 해 먹읍시다"

은퇴 후 저녁 시간에 아내와 드라마를 가끔 본다. 수,
목요일 저녁 드라마 '이상한 변호사 우영우'는 '행복식당'
편을 방영하고 있다. 주인공 중 한 명은 위암 3기라는 사
실을 감추고 동료 변호사들과 제주도에 출장을 갔다. 건
강이 좋지 않은 주인공은 신혼여행 때 맛있게 먹었던 추억
의 국숫집 '행복식당'으로 동료들을 데리고 찾아갔지만,
그 식당은 이미 경쟁에 밀려 폐업한 후였다. 추억 찾기는
실패로 끝나는 듯했다. 그러나 주인공이 재판 도중 복통으

로 쓰러져 환자임이 알려지게 되고, 같이 출장을 갔던 동료들은 그를 위해 폐업한 식당의 주인을 찾아 나선다. 우여곡절 끝에 위암을 앓던 주인공과 동료 변호사 일행은 눈물과 웃음이 범벅이 된 채 '행복식당' 주인이 만들어 주는 잔치국수를 먹는 장면이 나온다. 목요일 늦은 밤, 이 장면을 보면서 아내가 내게 던진 말이었다.

'국수'는 혼례 및 잔치와 밀접한 관련이 있는 귀한 음식이다. 그러나 내 기억 속에 남아 있는 국수는 그다지 귀한 음식은 아니었다. 초등학교 시절, 무덥고 길었던 여름의 점심 대부분을 국수로 때웠다. 마당 한구석에 양철통을 뚫어 임시 아궁이를 만들고 끓는 물에 국수 한 움큼 삶아 후루룩 배를 채우던 패스트 푸드 음식이었다.

드라마에는 환자의 '위시리스트wish list' 한 줄 지우기 위해 폐업한 식당 주인까지 찾아 나서는 직장 동료도 있는데, 아내가 먹고 싶다는 '아침 국수' 쯤이야 만들지 못할 이유는 없다.

금요일 아침, 멸치, 다시마, 밴댕이로 육수를 만든다. 애호박, 양파를 잘게 썰어 끓는 냄비에 투하하면 육수 준비는 끝이다. 국수 한 움큼이면 두 사람 분으로 족하다. 펄펄 끓는 물에 국수와 소금 한 줌 넣어 끓이면 삶기도 끝이다. 싱거울 때를 대비하여 양념간장도 준비한다. 김 두어 장을 구워 부셔 넣고 마늘 두 쪽, 검붉은 고추 반 개 다져 넣으니 때깔도 좋다. 고춧가루와 참기름 한 방울 더하니 양념간장까지 완성된다. 이제 먹는 일만 남았다.

오래전 『죽을 때 후회하는 스물다섯 가지』(오츠 슈이치 지음, 황소연 옮김)를 읽은 일이 있다. 저자는 호스피스 전문의다. 천 명 이상의 임종 환자에게 보고 들었던 이야기를 정리한 책이다. 임종을 앞둔 사람이 후회하는 것 중 열한 번째는 '가고 싶은 곳으로 여행을 떠났더라면', 열다섯 번째는 '먹고 싶은 것을 많이 맛보았더라면'이었다고 한다. 평범한 사람들의 사소한 바람이다. 그러나 앞만 보고 달려가는 현대인들은 '다음에'라는 만병통치약과 같은 핑계로 '지금' 누려야 할 행복을 다음으로 미룬다. 결국 죽을 때 후회하는 '백 가지 일'을 만들고 있는 것과 다름없다.

우리 부부에게도 "하고 싶은 일"이 꽤 많다. 흙냄새 맡으며 살아보기, 겨울에 따뜻한 남쪽에서 한 달 살아보기, 차박 해 보기, 뉴욕 갤러리 일주일 관람하기, 프라하에서 한 달 지내기, 남미 한 달 여행하기, 수필집 출간하기, 부부 공동 전시회 열기…. 이런 것에 비하면 '아침에 국수 먹기'는 식은 죽 먹기보다 쉽지 않은가.

2022년 8월 12일 금요일 아침, 우면산을 삼킬 듯 요란하게 내리던 폭우가 멈추고 반짝 햇살의 말미를 준다. 두 사람의 아침상에 오른 잔치국수 향은 제주도 바닷바람에 실려 오는 미역 향보다 진하다. 오늘이 편안하다.

설레는 아내와 여행

여행은 남녀노소를 막론하고 마음을 들뜨게 한다. 60대 중반인 나도 그렇다. 기간이 길든 짧든, 여행하는 곳이 어디든 마찬가지다. 마음이 들뜨는 정도는 누구와 같이 가느냐에 따라 달라지기도 한다. 어리석게 나는 아직도 아내와 떠나는 여행에 마음이 설렌다. 화려하지는 않지만 은은한 맛이 있고 오랫동안 되씹을 수 있는 이야깃거리를 만들어 주기 때문이다.

2022년 7월, 아내와 4년 만에 여행을 떠났다. 2018년 6월, 해외 근무를 마치고 귀국한 후 둘만의 여행은 처음이다. 이런저런 일들이 많았다. 귀국하자마자 아내는 끝내지 못했던 대학원 공부를 시작하여 2020년 2월에 끝냈다. 코로나19의 출현과 묘하게 교차하는 시점이다. 코로나로 인한 근신 기간이 끝나도 만만치 않은 시간을 보냈다. 아내는 올해도 두 번의 개인전을 마치니 한 해의 반이 훌쩍 지워졌다.

7월 초, 아내가 거금 일백만 원을 내 통장으로 보내왔다. 부부 여행 계좌를 만들자는 것이다. 나도 같은 금액을 출연하여 우리만의 '여행 계좌'를 만들었다. 오늘이 처음 여행하는 날이다.

아침 일찍부터 부산하다. 아내는 어김없이 본인이 쓰던 베개와 7월 더위에도 배를 따뜻하게 해 줄 전기 매트를 캐리어에 차곡차곡 챙긴다. 더운 나라 아랍에미리트에 거주하며 틈틈이 유럽으로 여행할 때 챙기던 준비물이었는데 습관이 되었나 보다. 쌀, 떡국, 만두를 챙기고 라면 하나도 알뜰히 챙겨 넣는다. 아내는 마지막으로 몸무게를 잰다. 여행 전후의 체중을 비교하기 위함이리라.

한여름 지열이 달아오르기 전, 차에 몸을 싣는다. 그동안 자동차도 답답했는지 냅다 달린다. 덥지만 상쾌한 하루다. 우리에게 익숙한 북한강, 맑고 푸름은 예나 지금이나 변함이 없다. 단지 우리 부부가 변했을 뿐이다. 따지고 보면 우리도 바뀐 게 별로 없다. 나이테만 조금 많아졌을 뿐, 우리는 아직 풋보리 같은 파란색이다.

정오를 훌쩍 지나, 숙소 근처에서 가장 높은 곳 뾰루봉과 북한강 사이에 자리 잡은 청평자연휴양림 숙소에 도착했다. 입실하려면 한 시간 이상 남았다. 아내가 먼저 산길로 산책을 나선다. 89세 장모가 집 밖에만 나가면 얼굴에 화색이 돌 듯 아내도 집만 나서면 생기가 돈다. 북한강 전망대까지 쉽게 오른다.

새빨간 산딸기가 산자락에 널렸다. 초등학교 시절, 할아버지 허리춤 아래 서서 고사리손으로 따 먹던 녀석들이다. 날름 몇 개 따서 입에 털어 넣으려는 순간, 아내의 따가운 경고음이 귓전을 때린다.

"안 돼, 잘 못 먹으면 배탈 나. 있다가 마트에 가서 딸기 사 줄게."

담임선생님이 초등학생을 타이르듯 단호하다. 나는 소풍 못 간 아이처럼 풀이 죽는다.

오후 두 시 기다리던 입실, 좁은 2인용 숙소가 정겹다. 침대는 하나, 오랜만에 60대 부부의 합방이다. 식탁 겸 싱크대 하나, 손바닥 크기의 탁자와 2인용 의자 하나가 세간살이 전부다. 다행히 두어 평 남짓 좁은 방이지만, 앞이 탁 트인 테라스가 있어 좋다. 잣나무, 자작나무, 배롱나무가 저만치에서 사또 나리의 명령을 기다리듯 머리를 조아린다. 우리 부부는 숲속의 주인공이 되어 책을 읽는다. 나는 피천득의 『인연』과 전혜린의 『그리고 아무 말도 하지 않았다』 두 권의 책을 여행지로 가져왔다. 금아 피천득의 수필은 어렵지 않아서 좋다. 소소하게 사람 살아가는 이야기, 생활 수필이라 정겹다. 전혜린의 글은 첫 페이지를 열기가 겁이 나 아직 주저하고 있다.

아내는 주민센터에서 빌려온 책에 연필로 밑줄을 조심스레 그으면서 정독 중이다. 다 읽고 나면 지우개로 흔적을 지우며 짜증을 낼 게 자명하다. 되풀이하는 아내의 악습이다.

어스름 시간 강가로 산책을 나선다. 북한강을 내려다보고 있는 휴양림 아래쪽의 화려한 호텔 잔디밭을 몰래 걸어 본다. 아내는 호텔 로비에 들어가서 숙박료를 알아보겠다고 고집을 부리고, 나는 참으라고 타이른다. 몰래 호텔 정원 구경하는 것이 들통날까 두렵다.

오늘은 보름 이틀 전이다. 서늘한 달빛이 베란다를 넘어 침대까지 들이친다. 조금 빈 듯한 온달이 산 중턱에 같이 누웠다. 조용함보다 짙은 정적이 작은 숙소를 에워싸고 여름밤은 깊어 간다. 읽던 책 몇 페이지는 내일을 위해 남겨 둬야겠다. 하나 남은 사탕을 감춰두었다가 형 몰래 꺼내 먹듯 천천히 음미하며 세월을 벌어야겠다. 아내는 오늘 하루를 일기장에 꼼꼼히 새긴다. 여전히 스물다섯 살 소녀다. 내 가슴이 설렌다.

가정주부로 살아가기

"나 설거지 실력 몇 점일까?"

"당연히 100점이지!"

"앗싸, 100점 받았으니 하산할래."

"무슨 말씀을. 설거지 과목은 3학점짜리 필수 전공이라 300점이 만점이야."

부엌에서 아내와 주고받는 농담조 대화다.

나는 사진 찍기를 좋아한다. 좋은 사진을 얻기 위해서는 빛의 양을 조절하는 것이 중요하다. 빛의 양은 셔터의 속도와 조리개의 넓이로 조절할 수 있다. 사진가들은 한 컷을 찍을 때마다 '셔터 중심 모드'로 찍을 것인지 '조리개 중심 모드'로 촬영할까를 고민한다. 빛의 양을 조절할 주인공을 정하는 것이다.

모든 집단에는 중심 역할을 하는 주인공이 있다. 가정 또한 그렇다. 우리 집 가사의 중심은 36년간 아내였다. 집에 머무는 시간이 가족 중 가장 길었던 것도 하나의 이유였을 것이다. 그야말로 전적으로 '아내 중심 모드Mode'였다.

퇴직 후, 나는 집에 머무는 시간이 아내와 비슷해졌다. 여유시간이 길어지면 보이지 않던 것들이 보인다. 하루 3끼 식사 준비의 번거로움, 거실 바닥 이곳저곳에 굴러다니는 정체불명의 부스러기와 먼지 더미, 목까지 차오른 분리수거 봉투, 개수대에 그득한 그릇들, 젖은 빨래로 채워진 세탁 바구니 등. 대부분 오래전부터 있어 온 현상들이다. 다만 퇴직 후 내 눈에 오랫동안 띄었을 뿐이다. 이 현실을 묵인하며 살 것인지, 아니면 내가 도맡아 처리할 것인지를 고민할 때가 된 것이다. 전자는 내 마음에 갈등을 불러올 것이고 후자는 내 육신이 고단할 것이다. 과감하게 후자를 선택했다. 가사에 있어서 '아내 중심 모드'에서 '남편 중심 모드'–'가정주부家庭主夫로 살아가기'–로 클릭한다.

아내는 아침잠이 많다. 반면 난 아침형 인간에 가깝다. 아내가 늦잠을 즐기는 동안 조용히 아침밥을 하고 냉장고에 있는 반찬을 꺼내 식사하는 것은 어렵거나 어색한 일이 아니다.

무선 청소기로 방 세 개(아들 방은 출입 금지 구역이라 제외한다)와 거실을 회진하는데 20분이면 충분하다. 청소기의 무게를 생각하면 아내보다 내가 쉽게 할 수 있는 일이다. 여기저기 구석에 쌓이는 먼지는 눈을 부라리지 않으면 찾기도 쉽지 않다. 일주일에 한 번 대청소할 때 털어내면 될 것이다.

가득 차서 입을 반쯤 벌린 쓰레기통, 잔반으로 채워진 음식물 봉투, 잡동사니로 채워진 분리수거함을 비우는 일은 후각적으로 둔감한 내가 제격이다.

빨래하기도 내가 적격이다. 세탁기의 깊이를 고려하면 팔 길이가 나 정도는 돼야 쉽다. 가끔 빨래를 널기 전에 밟아야 하는 옷은 아내보다 체중이 20킬로그램이나 더 나가는 내가 훨씬 쓰임새가 높다.

세 식구 사는데도 설거지는 해도 해도 끝이 없다. 설거지에도 나는 원칙이 있다. 개수대에 그릇이 하나라도 있으면 바로바로 해치운다. 군인들이 눈이 오면, 쌓이기 전에 치우는 전술과 같다. 역시 설거지도 내가 더 전략적으로 잘할 수 있다.

결국 가사의 대부분은 덩치 크고 힘 좋은 내가 쉽게 할 수 있는 일들이었다. 조금은 어색해하는 아내에게 내가 말했다. 직장 일이든 가사든, 쉽게 잘 할 수 있는 사람이 하는 게 원칙이라고. 설거지를 하다가 그릇 두어 개를 깨뜨렸지만, 아내는 모른 척했다. 36년 동안 가사에 묶여 살아온 아내, 이제는 해방되어야 할 때가 되었다.

휴대전화에도 '진동 모드, 무음 모드, 울림 모드'가 있다. 시의적절하게 기능을 선택하라는 것이다. 60대 중반, 가사 노동의 주도권을 남자가 쟁취하는 것은 지극히 당연한 순리다. 지금 쟁취하지 않으면 영원히 기회가 없을지도 모른다.

오늘도 '집안일' 아이콘에서 '아내 중심 모드'는 건너뛰고 '남편 중심 모드'를 과감하게 선택한다. '가정주부家庭主婦'가 아닌 '가정주부家庭主夫'로 살아가기에 주저함이 없다.

두 사람

　아버지, 어머니!

　12월 중순이 되었습니다. 그곳도 매섭게 추운가요. 어머니는 2000년 9월 중환자실에서, 아버지는 2009년 6월 응급실에서 뵌 게 마지막이었습니다. 어머니가 떠나신 지 22년, 아버지가 떠나신 지 13년의 세월이 흘렀고, 두 분의 막내아들도 60대 중반이 되었습니다.

　아버지, 어머니!

　1986년 저는 결혼하면서 자연스럽게 부모님 곁을 떠났습니다. 두 분이 57세 때 일입니다. 딸 둘, 아들 둘을 모두 분가시키고 두 분은 서울 중구 신당동에서 돌아가실 때까지 사셨습니다. 2녀 2남을 떠나보낼 때 마음이 어떠셨는지요. 후련함이었는지요. 아니면 아쉬움이었는지요.

아버지 어머니, 막내아들 내외는 오늘부터 두 분이 57세 때 가셨던 길을 똑같이 가게 되었습니다. 두 분의 손주들이 우리 부부가 만들어 놓은 울타리에서 떠나 버렸답니다. 2018년 손녀는 유학을 떠났고, 2022년 11월, 우리가 서울을 떠나 용인으로 이사하면서 손자도 독립했습니다. 스물여덟 살, 독립해야 할 나이가 지났기도 합니다. 저는 그 나이에 결혼했으니까요. 손자는 집을 나갈 때, 지어미가 이것저것 가재도구를 챙겨줘도 모두 마다하고 그냥 나갔습니다. 자신이 원하는 스타일이 있다고 합니다. 그리고 본인이 원하는 제품으로 좁은 집을 채웠습니다. 세가 결혼으로 분가할 때, 어머니가 챙겨 주신 숟가락과 밥그릇을 며느리는 지금도 찬장 높은 곳에 고이 모셔 두었는데….

그래도 자신만의 삶을 추구하는 당신 손자의 인생관이 믿음직합니다. 두 분의 뜻에 순종하던 저의 모습과 달라서 오히려 대견하고 부럽기까지 합니다. 지난 보름 동안, 아내는 자주 전화기를 들여다보고 내려놓기를 반복합니다. 전화를 걸다가 그만두기도 합니다. 집 떠난 자식을 기다리는 어미의 마음이겠지요. 36년 전 제가 떠났을 때, 어머니도 지금의 제 아내와 같은 마음이었나요.

그리고 아버지, 어머니. 오늘 새벽 당신의 손녀가 다시 영국으로 떠났습니다. 런던에 머물다 우리의 이사 소식을 듣고 두 달 동안 한국에 와 있었습니다. 서울 집에서 한 달 반, 이사한 용인의 타운하우스에서 보름간 함께 보냈습니다. 짧은 기간 우리 곁에 머물다 간 흔적이 왜 이리 클까요. 옷장을 열 때마다 빈 옷걸이가 원망스럽습니다. 신발장을 열면 보란 듯이 버티고 서 있던 긴 부츠 자리에는 어둑한 침묵만 남았습니다. 오늘 아침 당신 손녀의 침대 위, 몸만 빠져나간 이부자리에 앙상한 동굴이 생겼습니다. 이렇게 왜소한 몸으로 미국에서, 영국에서 당차게 살아가는 것을 보면 누구를 닮았을까요. 아버지, 어머니. 당신의 두 딸을 결혼시켰을 때도, 지금 저와 아내같이 허전함과 외로움을 느끼셨나요.

아버지 어머니!
이제 당신의 막내아들 내외도 둘만 남았습니다. 둘이 가정을 꾸리던 1986년으로 되돌아갔습니다. 한가롭고 홀가분하고 편안합니다. 그런데도 불쑥불쑥 스치는 외로움과 그리움은 무엇인가요. 어둠이 밀려올 때 누군가가 현관문을 박차고 들어왔으면 하는 바람은 몇 년쯤 지나면 사그라지게 될는지요.

더구나 아버지는 어머니를 먼저 보내고 9년을 혼자 사셨는데 뼈저린 고독을 어떻게 버텼는지요. 따스한 봄날에 한번 오셔서 혼자 살아가는 비결을 알려 주실 수 없으신가요.

「그리스·로마 신화」에는 오두막집에 살지만 착한 노부부 '바우키스'와 '필레몬'이 등장합니다. 제우스Zeus가 두 사람에게 소원을 말하라고 했을 때, 부부는 '제 혼자 남아 아내의 무덤을 돌보거나, 아내가 혼자 남아 제 무덤을 준비하는 일이 없도록, 이 세상을 떠날 때 함께 갈 수 있도록 허락해 주십시오'라고 답했습니다.

아버지, 어머니!

혹시 제가 그리스·로마 신화에 나오는 노부부와 같은 소원을 고향 뒷산 산신님께 빌면 두 분께 큰 불효가 되겠는지요.

별 헤는 밤

"여보, 여보! 저기 별들 좀 봐."

2022년 7월, 청평 휴양림 2층 테라스에서 맥주 첫 잔을 반쯤 마시다 말고 아내가 목소리를 높인다. 여행의 마지막 날 밤, 아내가 지붕 위로 쏟아지는 별을 본 것이다. 테라스는 매일 밤 다른 풍경을 보여 줬다. 며칠 동안 가랑비, 보슬비, 장대비를 보여 주더니 오늘은 조각구름이 다도해처럼 늘어진 해맑은 밤하늘을 선사한다. 구름 틈새 수줍게 얼굴을 내민 별 무리를 발견하고 아내는 소녀처럼 좋아하며 별자리 찾으러 탁 트인 공터로 내려가자고 손을 끈다.

언제나 지금의 자리에 있었던 별이다. 서울의 밤하늘에서는 좀처럼 만날 수 없던 별이지만 고개 들어 하늘을 바라볼 여유조차 없었다.

잠시 장소를 옮겼을 뿐인데 우리는 어린아이의 콩닥거리는 마음으로 별을 이야기한다. 별을 오랫동안 잊고 살았다는 증거이다.

알퐁스 도데의 양치기 소년이 스테파네트 아씨에게 간절한 마음으로 설명하던 '목동의 별', 시인 윤동주가 애타게 그리던 '어머니의 별', 불꽃같이 살다 간 수필가 전혜린을 뮌헨으로 떠나게 만든 '우연의 별'이 한곳에 엉켜 삶을 이야기하며 여기저기 널려 있었는데….

나에게도 별에 대한 추억이 있다.

초등학교 시절, 합천 산골 마을에서 보았던 별들을 60대가 된 지금도 잊지 못한다. 내가 기억할 수 있는 가장 어리고 소박한 별이었다. 내 나이 또래의 '어린 별'은 풋보리같은 파란색 옷을, 할아버지 연배의 '어른 별'은 늙수그레한 은행잎같이 노란색 옷을 입고 있었다. 게다가 하늘 캔버스에 지천으로 흩뿌려진 별은 메밀꽃처럼 넘실대다가 윤슬처럼 춤추기도 했다. 나는 '어린 별'에 많은 소망을 담았었다. 힘에 겨웠을 것이다. 그러나 초등학교 6학년 때 대구로 전학을 간 후 '어린 별', '어른 별'을 까맣게 잊고 살았다.

별에 대한 두 번째 추억은 2016년 9월, 스위스 여행 중 인터라켄 근처에서 만났던 별이다. 우리 부부가 머문 숙소는 까마득히 높은 설산에서 떨어지는 물줄기가 장관인 슈타우바흐Staubbach 폭포가 있는 라우터브루넨이었다. 도착 첫날 여장을 풀고 늦은 밤 숙소 문을 나선 순간 지금까지 보지 못한 별의 군무를 만났다. 아이거 북벽과 융프라우를 무대로 검푸른 하늘에 희고 굵은 소금을 확 뿌린 듯 흐드러진 별을 보고 아내는 어린애들처럼 감탄사를 연발했다.

"와~~~ 이게 다 별이야?"

별빛이 너무 밝아서 마치 다이아몬드로 수놓은 듯했다. 금강석 별들이 우리 부부 머리 위로 쏟아지는 것 같았다. 내가 본 별 중 가장 황홀하고 빛났던 별 무리였다. 지금도 내 가슴을 뛰게 한다.

휴양림 주차장 공터로 내려온 아내와 나는 별자리를 찾느라 10대의 소년, 소녀가 되어 한참 시간을 보냈다. 북두칠성을 찾고 북극성을 만나고 카시오페이아와도 재회했다. 그들은 여전히 제자리를 지키고 있었는데 우리가 눈길을 줄 여유조차 없었던 것이다.

은퇴한 64세. 이제부터 길섶에서 네 잎 클로버를 찾고, 부모님 무덤 곁에 튼실한 삐삐를 뽑아 풍선껌같이 씹어 가며 살고 싶다. 이따금 '아이 별', '어른 별'을 찾으러 밤하늘을 올려다보며 살고 싶다.

오찬五饌 밥상

병원 나들이는 누구에게나 괴로운 일이다. 치료하면서 체력이 고갈되기도 하지만 병원 문턱을 들어서는 순간부터 이유 없는 스트레스가 건강했던 사람의 기까지 뺏어 간다.

정형외과 진료를 마치고 11시경, 집으로 돌아와 현관문을 여는 순간 반갑게 나를 맞이하는 것은 아내도, 꼬리치는 반려견도 아니다. 적막한 거실 한쪽, 사각형 나무 식탁 위에 정갈하게 준비된 아침 겸 점심 밥상이다. 다섯 가지 반찬과 한 벌의 수저다. 아내가 집을 나간 지 얼마 되지 않아서인지 인덕션 위 국솥은 온기가 남아 있다. 아내의 체온처럼 따스하다. 잡곡밥은 밥통에서 두 시간을 기다렸다고 투정이다.

  연초부터 말썽을 일으키던 오른 손목 건초염이 재발했다. 10여 차례 주사와 물리치료를 받고 견딜 만했는데 다시 통증이 왔다. 병원을 재방문하는 날, 하필 아내가 전시회 관계로 외출하는 날과 겹쳤다.

  혼자 다시 찾은 병원 대기실에는 환자들로 가득하다. 주민들의 평균 연령이 높은 지방일수록 정형외과 병원은 환자가 많다. 다행히 세 번째로 진료를 받을 수 있었다. 의사 상담, 주사, 물리치료를 하고 집으로 돌아오니 쌀쌀한 봄 햇살에 꽁꽁 언 몸을 녹이던 집에는 아무도 없다. 아침을 건너뛰었으니 당연히 허기도 지고, 진료를 마치고 나니 심신은 피폐해졌다.

  빈집으로 들어가는 일을 즐기는 사람은 없을 것이다. 더군다나 힘든 일을 겪고 귀가하는 사람이라면 텅 빈 집으로 들어가는 일은 고통이다. 기러기 아빠들이 퇴근할 때 컴컴한 빈집에 들어서기 무서워서, 출근할 때 아예 현관 조명을 켜 놓고 나온다는 말이 이해되고도 남는다.

마당에 버려진 듯 뒹굴고 있는 소포 두 개를 옆구리에 끼고 현관문을 열자 제일 먼저 나를 반겨준 것은 그 밥상이었다. 60대 중반에도 먹는 게 이다지도 기쁜 일인가, 아내의 정성이 고마워서일까. 갑자기 어깨가 쭉 펴지며 식욕이 솟구친다. 유난히 아침 늦잠이 많은 여인, 본인의 외출 준비에도 시간이 빠듯했을 텐데…. 콩나물, 멸치볶음, 두부조림, 봄동 겉절이와 묵은 김치, 온기가 남아 있는 두붓국, 밥솥에 따뜻한 잡곡밥 2인분. 사계절 베짱이가 받기에는 넘치는 호강이다.

지나친 호사에 세상을 떠난 어머니가 생각났다. 키도 작고 몸도 왜소했다. 기관지 천식이 심해 긴 세월 병원을 수시로 들락거렸다. 당신 몸도 건사하기 힘들었지만, 아버지의 저녁 귀가 시간 10분 전에는 안방 아랫목에 밥상을 차려 놓고, 부엌에서 된장찌개를 끓이셨다. 아버지가 안방에 앉자마자 바글바글 끓고 있는 된장찌개 뚝배기가 바로 밥상으로 올라왔다. 변하지 않는 저녁 일상이었다.

아버지와 나는 여자 복이 많은가 보다. 여자 나이 60이면 부엌에서 탈출하고 솥뚜껑 운전면허증을 반납한다는

데 두 남자는 군주같이 대접받고 있으니. 겨울이 다시 온 듯 추운 2022년 3월 어느 날, 아내가 마련한 오찬五饌 밥상이 나를 군왕으로 만들었다. 춘삼월의 꽃샘추위가 며칠 계속되어도 좋을 거 같다.

내일 말고 오늘

　5월 1일은 근로자의 날, 내가 근무하던 직장은 휴무일이다. 2012년 근로자의 날, 우리 부부에게는 특별한 추억이 있는 날이다.

　지금부터 꼭 10년 전 일이다. 두 아이가 등교한 후, 우리 부부는 승용차에 몸을 싣고 한강을 따라 양평으로 달렸다. 5월의 강변 바람은 참신했다. 운전 중 아내와 같이 들었던 비발디의 '봄'은 결혼행진곡처럼 지금도 또렷이 기억한다. 양수리를 한 바퀴 돌아 퇴촌 근처였다. 한강이 내려다보이는 좁은 공터에 깔판을 펴고 아내와 함께 '소박한 이벤트'를 즐기며 한나절을 보냈다.

우리 부부가 보낸 몇 시간은 특별한 일이 아니었다. 평소와는 조금 다른 나들이였을 뿐이다. 이른 아침, 커피와 간식을 부랴부랴 챙기고 나는 색소폰을, 아내는 캔버스와 물감을 담아 한적한 강변을 찾았다. 강을 따라 듬성듬성 크고 작은 전원주택이 나른한 봄기운에 졸고 있는 곳. 비탈지고 좁은 공터에 자녀들이 어릴 때 쓰던 깔판 두 개를 펼쳤다. 이젤 위에 캔버스를 올려놓고, 보면대에 색소폰 악보를 펼쳐 놓았다. 아내는 멈춘 듯 흐르는 강물에 행복의 색감을 보태고, 나는 싱그러운 오월의 강변에 테너 색소폰의 그윽한 저음을 강 안개처럼 지펴 올렸다. 따뜻한 차 한 잔 곁들이니 갑남을녀가 누릴 수 있는 행복의 극치였다.

우리의 행복 놀이가 끝날 무렵, 먼발치에서 한동안 지켜보던 환자복 차림의 60대 여자 한 분이 다가왔다. 인근 요양원에서 항암 치료 중인 환자였다. 색소폰과 그림 이야기를 함께 나누었다.

"두 분, 하고 싶은 일이 있으면 '오늘' 하세요."

"'내일'은 모든 사람에게 주어지는 시간이 아닙니다."

무거운 말을 남기고 왔던 길로 되돌아갔다. 그분의 두

눈에서 간절함과 후회를 동시에 보았다.

"여보, 우리 매년 5월 1일은 오늘 같이 보냅시다." 아내가 귀갓길에 한 말이다.

우리 부부는 결혼 후 36년째 살아 온 서울을 떠나 용인시 한적한 곳으로 이사를 하기로 결심했다. 올해 말쯤 흙을 밟고 살기 원하는 아내는 자연을 벗 삼아 화폭이 넘치도록 꿈을 그려낼 수 있을 것이고, 사계절 베짱이로 살고 싶은 나는 풀벌레 친구 삼아 목청껏 색소폰을 불어댈 수 있을 것이다.

2012년 근로자의 날에 가졌던 소박한 이벤트가 '내일이 아닌 오늘' 날마다 실천되기를 2022년 5월의 마지막 날에 기원해 본다.

깻잎 한 장의 행복

은퇴 후 큰 변화는 아내 대신 내가 스스로 가사 전담자가 된 것이다. 경쟁자 없이 얻은 안정된 일자리다. 설거지, 빨래는 물론이고 청소, 분리수거까지 맡은 일도 다양하다. 어쩌다 업무 범위를 넓히거나 좁혀도 반대하거나 저항하는 사람이 없다.

결혼 삼십육 년 차. 오랜 경험으로 대부분 집안일은 별탈 없이 해 나가고 있어, 비정규직이지만 계약 연장에도 문제없을 것으로 확신한다.

그러나 반찬 만드는 일은 만만치 않다. 겉절이와 콩나물 무침 등 간단한 찬거리는 유튜브의 도움으로 만들 수 있지만 복잡한 메뉴는 어렵다. 필요할 경우 반찬 가게를 이용하기도 하고 가사면허증을 반납하고 부엌에서 정년퇴직한 아내가 만들기도 한다.

아내는 아들이 좋아하는 '멸치볶음'과 내가 좋아하는 '깻잎 간장조림' 만들기를 좋아한다.

지난 주말 아내는 더위도 아랑곳하지 않고 '들깻잎 간장조림'을 만들었다. 작은 멸치, 붉은 고추, 마늘 등의 양념을 얼버무려 싱싱한 들깻잎 사이에 골고루 채운 뒤, 간장을 넣고 살짝 데쳤다.

제대로 조리된 들깻잎은 한 장 한 장이 어렵지 않게 떼어진다. 그러나 사람이 매일 걷는 길에서도 넘어지듯, 아내도 가끔 실패작을 만들기도 한다. 데치는 시간이 길어지면 잎이 서로 엉겨 붙어, 한 장씩 떼어 내기가 쉽지 않다. 조려진 들깻잎 두세 장을 밥 한술이 감당하기에는 지나치게 짜다.

두 사람만의 식사 시간, 아내는 '들깻잎 간장조림' 한 장을 떼어 내기 위해 젓가락과 승강이를 벌인다. 조리된 깻잎의 빛깔은 엇비슷해서 위, 아래의 식별이 만만치 않다.

꼭지 부분도 굵은 실 정도로 가늘어서 젓가락으로 한 장만 콕 집는 것이 쉽지 않다. 대부분 두세 장이 한꺼번에 매달려 올라온다. 가까운 곳에 있는 사물을 쉽게 파악하지 못하는 아내의 원시遠視도 한몫했을 것이다. 애잔함이 간장보다 진하게 식탁 위에 퍼진다.

"에이, 이것까지 나를 놀리고 있네. 다음부터는 깻잎 반찬 다시 하나 봐라."

아내가 짜증을 낸다.

누군가의 도움이 필요한 순간이다. 물끄러미 마주 앉아 지켜보던 근시近視인 내가 두 번째 깻잎을 살짝 눌러 준다. 그제야 아내의 밥숟가락에 들깻잎 한 장이 냉큼 올라간다. 가지런한 아내의 치아가 바삐 움직인다. 입가에 고소한 미소가 돈다.

'사람 인人'자는 두 사람이 의지하며 살아가는 형상을 본떠서 만든 글자라는 주장도 있다. 나의 노년은 손이 닿지 않는 가려운 곳을 아내와 서로 긁어주는 효자손처럼 의지하며 살고 싶다.

　나는 아내가 '들깻잎 간장조림' 실패작을 종종 만들었으면 좋겠다. 깻잎 한 장 떼어주며 얻을 수 있는 작은 행복을 자주 만나고 싶다.

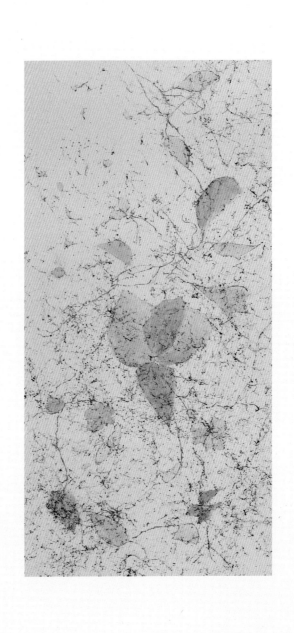

제2부

할아버지의 막걸리

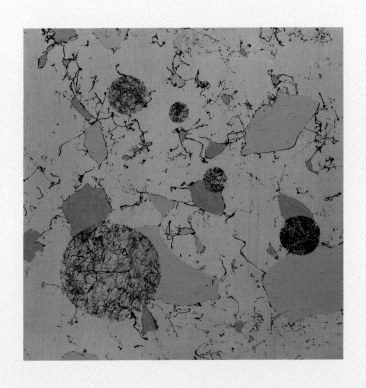

과거는 불행과 행복을 함께 가지고 있는 애물단지다. 유년기는 아픔의 연속이었다. 그러나 세월이 아픔의 생채기를 나이테로 바꿔 주었다.

2부는 가족사에 얽힌 슬픔과 기쁨의 고백이다. 베이비붐 세대가 만나는 인생의 희로애락이다.

기다림은 아픔이었다

청계산 아래 첫 마을 원당리에 산 그림자가 밀물처럼 달려든다. 촌락은 재빠르게 어둠에 덮여간다. 마을 어귀 당산堂山에 몇몇 아이들이 옹기종기 모여 있다. 모두 까치발을 치켜세운 채, 손 망원경을 얼굴에 붙이고 읍내 쪽 꼬부라진 외길을 실눈으로 째려본다.

내일은 추석이다.

꼬맹이들은 돈벌이하러 도회지로 나갔던 가족의 귀향을 기다리는 초병이다. 당산 앞 좁은 길은 볏섬에서 풀어낸 새끼줄처럼 꼬여 아랫마을로 이어진다. 아래 동네 어귀에 때깔 좋은 옷으로 치장한 도회지 사람이 나타나면 당산은 소란스러워진다.

"누고? 정자 큰오빠가?"

"아이다! 수자 아부지 같다."

찰나가 지나면 어떤 아이는 반가워서 냅다 당산에서 뛰쳐나가고 나머지는 총 빼앗긴 패잔병처럼 고개를 떨군다.

나도 초병들 틈에 끼여 이번 추석에는 꼭 오시겠다던 어머니를 기다렸다. 그러나 꼬마 초병들이 모두 본거지로 철수할 때까지 내가 기다리던 그분은 오시지 않았다. 추석 전날이 기다림과 눈물로 저물었다.

원당리는 내가 초등학교 6학년 1학기 때까지 할아버지, 할머니와 살던 곳이다. 스무 가구도 안 되는 원당리 큰담마을 입구에는 다섯 평 남짓 넓이의 당산이 있다. 당산에는 덩치 큰 팽구나무 한 그루와 갓 심은 홰나무 한 그루가 있었다. 팽구나무는 동네를 다 덮고도 남을 만큼 우람해서 개구쟁이들의 술래잡기 놀이터가 되기도 했다. 전기, 수도는 당연히 없고 라디오 소리도 들리지 않는 곳. 시외버스도 더 갈 길이 없어 오지 않는 산 밑 깡촌이다.

우리 동네의 당산 기능은 다양하다. 여름에는 피서지이자 이집 저집 풍문을 생산하는 사회부 기자실이다. 겨울에는 소지燒紙를 올리며 가족의 무탈을 위해 지극 정성을 올리는 성스러운 곳이 되기도 한다. 읍내 오일장이 서는 날에는 막걸리 몇 잔 드시고 새끼줄에 갈치 두세 마리 묶어 들고, 갈지자로 귀가하는 할아버지 할머니를 내가 기다리던 곳이다.

명절이 되면 당산의 역할은 달라진다. 가난을 벗어나고자 돈벌이를 위해 도회지로 나간 부모, 형제, 자식과 첫 상봉이 이뤄지는 장소다. 만남의 기쁨과 이별의 아쉬움이 교차하는 국제공항이다.

그러나 2남 2녀의 막내인 나에게 당산은 피서지도 기자실도 아니었다. 기다림의 장소였다. 초등학생 시절 몇 번의 기다림은 대부분은 눈물로 끝났다. 아버지, 어머니는 명절에도 띄엄띄엄 고향을 찾았다. 두 분이 오지 않은 명절, 할아버지는 입을 닫으시고 사랑채 밖으로 나오지를 않았다. 할머니는 명절이 끝날 때까지 들끓는 부아를 큰누나에게 쏟아부었다. 조부모의 울타리 안에서 따뜻한 유년기를 보냈지만, 한편으로 그리움과 인내 그리고 포기를 일찍 배웠다.

그래도 세월은 흘렀다.

나를 애타게 기다리게 하셨던 어머니는 마흔일곱, 내가 고등학교 3학년 때 유방암으로 돌아가셨다. 병원에서 치료를 포기한 후 마지막으로 거처를 옮긴 곳이 당산이 있는 원당리였다. 며느리의 마지막을 지켜보는 시어머니, 시어머니에게 마지막을 의탁했던 며느리, 어느 분의 고통이 더 컸을까. 내가 어머니를 애타게 기다렸던 당산에 어머니도 아픈 몸으로 자주 오르셨다고 한다.

대구로 시집간 두 딸을 기다렸을까?

군에 간 장남을 기다렸을까?

부산에서 고등학교에 다니는 막내아들인 나를 기다렸을지도 모른다.

아니면 사랑했지만, 평생 타인과 같았던 남편을 기다렸는지 알 수 없다. 당산은 나와 어머니께 기다림의 아픔을 가르쳐준 곳인가 보다.

어느덧 내 나이 60대 중반, 가끔 청계산 밑 첫 마을 원당리를 찾는다. 어머니가 마지막으로 기거하던 집은 흔적도 없이 사라지고 집터만 남았다. 팰구나무는 이미 노쇠했고, 어렸던 홰나무가 주인 행세하는 당산을 한참 바라본다.

아픈 가슴을 움켜쥔 한 많은 여인의 모습이 보인다. 명절도 아닌데 누군가를 기다리시나 보다.

58년생 운전기사의 하루

나는 58년생 일일 운전기사다.

오늘 손님은 31년생 김OO 님과 34년생 공OO 님이다. 두 분은 내가 태어나던 1958년에 결혼한 64년 차 부부다. 나는 그분들을 한 달에 두세 번 찾아뵙는 셋째 사위다. 두 분은 아직도 티격태격 다투는 일이 잦은 열정적인 커플이지만, 항상 같이 있다. 우리 부부의 미래를 앞당겨 보고 있는지도 모를 일이다.

두 분은 6녀 1남을 두었다. 딸은 모두 두 살 터울이고 막내아들만 세 살 터울이다. 사위와 며느리를 합치면 14

명, 손주까지 합치면 28명, 1개 소대 병력이다. 훌륭하게 키운 딸 여섯 아들 하나, 모두가 분주하다. 딸 두 명은 오래전에 이민을 갔고 아들 한 명은 외국에 주로 거주한다. 사위들 또한 분주하다. 여섯 명의 사위 중 셋째 사위만 국내에 상시 거주하는 백수다.

결국, 두 분을 모시는 일은 국내에 거주하는 딸 넷의 몫이다. 네 자매는 순번표를 만들어 당번을 정한다. 오늘 두 부부의 외출 도우미는 셋째 딸인 내 아내다. 당일 아침, 아내의 건강이 좋지 못해 셋째 사위인 내가 일일 운전기사로 나섰다. 극비 사항이다. 딸 대신 사위인 내가 오는 것을, 두 분의 집 현관에 나타날 때까지 장인은 전혀 모르고 있을 것이다. 아마도 알았다면 두 분은 외출을 취소했을지도 모른다. 자식들에게 신세를 지지 않으려고 웬만한 외출은 승용차를 직접 운전하는 장인이 사위의 승용차에 쉽사리 몸을 싣지 않을 것이기 때문이다. 나는 이따금 일일 기사를 하려고 시도하지만, 기회는 자주 오지 않는다. 초등학교 때 급장에 당선되기만큼 어렵다. 오늘은 천우신조로 행운을 잡은 셈이다.

11월 두 번째 토요일 아침 8시, 잠자는 아내의 모습을 뒤로하고 판교로 향했다. 오늘 일정은 내가 사는 방배동을 출발하여 판교에 사시는 두 분을 모시고, 용인시 남사읍 근처에 있는 감나무밭에 비료를 주고, 양성면에 거주하는 둘째 처형 집에 들렀다가 판교로 되돌아오는 것이다.

　처갓집 초인종을 누르자, 사위의 등장에 깜짝 놀라는 장인과 딸 대신 사위가 올 수 있다는 낌새를 미리 알아차려 느긋한 장모님을 승용차에 모셨다.

　"장인어른 어느 길로 갈까요?"

　"뭘, 요즘은 너 나 할 것 없이 내비게이션으로 간다면서. 박 서방 알아서 가시게나."

　'웬일일까. 이제 연세가 많아지셨나. 운전기사에게 재량권을 주다니.' 지난해만 해도 어림 반 푼어치도 없는 일이었다. 사실 두 분은 인간 내비게이션에 가깝다. 젊은 운전기사인 나는 기계에 의존하여 목적지로 향하지만 두 분은 눈과 기억력으로 길을 찾는다. 그래도 짓궂게 길을 묻는다.

　"여기서 좌회전할까요? 아니면 우회전…"

　"아니, 직진이지!" 이구동성, 두 분의 즉답이 되돌아온다. 90대 노부부의 총명함이 나의 농을 꾸짖는다.

열 시가 채 되지 않은 시간, 남사읍 감나무밭에 도착했다. 오늘 해야 할 일은 400평 감나무밭에 천연비료 뿌리기다. 두 해 전 심었던 감나무가 아직도 비실댔다. 장인, 장모, 사위가 20킬로그램짜리 40포의 비료를 군데군데 나르고 골고루 뿌렸다. 나는 포대를 가슴에 안고 뜀박질로, 장인은 바가지로 물 퍼내듯이, 장모는 두 손으로 닭 모이 주듯 뿌렸다. 총감독은 둘째 처형이다. 11월 중순의 햇살은 농익은 감 빛깔처럼 맵다. 같은 밀짚모자를 눌러쓰니 장인과 사위 간 동지적 전우애가 깊어 갔다.

두어 시간 비료와 소꿉장난을 즐기다 보니 허기가 졌다. '어설픈 일꾼이 새참은 먼저 찾는 법이고, 문간방 머슴의 배가 불러야 풍년이 온다'라고 했다. 지체할 수 없는 점심시간이다. 장인, 장모는 무엇을 먹을지 한참 '밀당' 중이다. 결국 장모가 이겼다. 오늘 점심은 어비리 이동저수지 근처 민물매운탕집으로 결정되었다.

장모가 가장 즐기는 음식은 '외식'이다. 64년간 집밥 예찬론을 펴 온 장인에 대한 은근한 보복 심리일지도 모르겠다. 자택에서 식사할 때는 쓴 한약 드실 때처럼 미간을 찌

푸린다. 집밥은 어쩔 수 없이 복용하는 약과 같은 존재다. 그러나 외식할 때는 다르다. 초반 십여 분은 담소도 삼간 채 오로지 식사에만 집중했다. 틀니가 달가닥거렸다. 식도락이다. 일일 세끼 집밥 예찬론자 장인도 메기 머리를 부여잡고 뼈 바르느라 옆자리에 앉은 사위에게는 관심도 없었다. 즐기던 반주도 멀리하고 매운탕의 얼큰함에 이마에 패인 아흔두 개의 나이테 고랑에 땀이 고였다가 넘쳐흐른다. 식사 삼매경에 빠진 두 분의 모습을 우두커니 바라본다. 이 광경을 10년 후에도 볼 수 있을까. 시답잖은 사위의 마음이 애잔해진다.

오후 한 시경, 안성시 양성면에 있는 둘째 처형 집에 다다랐다. 처형은 7~8년 전에 이곳으로 거주지를 옮겼다. 이십여 평 2층 건물 한 채와 작은 마당, 끝에 달린 손바닥만 한 채마밭이 전부다. 두 분은 도착하자마자 오수에 빠졌다. 11월 뙤약볕 아래 90대 노부부의 정열을 불태운 탓이다. 잠은 얼마나 고소할까. 갓 볶아 만든 깨소금 맛일까, 참기름 맛일까. 나도 그 맛을 30년 후에 알 수 있을까.

잠에서 깨어난 장모는 울타리만 있는 닭장 안 수탉과 한참 이야기를 나눈다. 장인은 길고양이에게 이유 없이 고함을 지른다. 그것도 성에 차지 않은지 텃밭에서 튼실하게 두 팔 벌린 배추 한 포기 뽑아 차에 냅다 실었다.

돌아서며 외친다. "박 서방, 이제 판교 집으로 가세."

"예. 대감님, 바로 모시겠습니다." 카메라와 씨름하다 놀란 58년생 일일 운전기사는 아들이었다면 하지 못할 농을 섞어 답한다. 셋째 사위도 벌써 육십 대 중반이다.

나를 낳아 주신 아버지 어머니는 오래전에 세상을 떠났다. 나의 딸과 아들이 대학교를 졸업하고 내가 직장을 은퇴하게 되면, '그때', 효도는 아니더라도 최소한의 막내아들의 도리를 다하리라고 마음먹었다. 그러나 '그때'에 도착해 보니 나의 부모님은 계시지 않았다. 아쉬움이 더없는 후회로 남고 말았다.

판교 자택으로 돌아가는 승용차 뒷좌석, 두 분의 얼굴이 편안해 보인다. 경쾌하고 힘 있는 휘파람 소리, 연세가 들어도 장인의 휘파람 실력은 녹슬지 않았다. 차창에 떨어지는 빗방울 장단에 알 듯 모를 듯 들리는 장모의 콧노래, 장모는 아직 꿈 많은 소녀다.

오늘 하루 도우미 역할은 사위 자식이 장인, 장모에게

드리는 효도가 아니다. 사위가 자신의 추억과 행복을 저축하는 날이다. 두 분을 댁으로 모셔 드리고 서울로 돌아오는 길, 가을비가 계절을 착각한 듯 소나기로 내린다. 두 분과 여덟 시간의 동행, 오늘 같은 날이 과연 몇 번이나 더 올까. 기대감과 함께 초조함이 조바심을 일으킨다.

오후 4시, 당당하게 방배동 자택으로 귀가했다. 아내의 얼굴이 반짝였다. 오늘 두 분과 함께 찍은 사진을 내밀자, 잠시 영국에서 귀국한 딸이 아내의 어깨 뒤에서 응원가를 부른다.

"오! 외할아버지, 외할머니 아들 한 명 더 얻었네."

공 여사 내일도 오늘같이

"아니 공 여사! 왜 내 옆에서 잠을 자고 있소?"
"나는 공 여사가 아니고 김 여산데…."

아침에 잠에서 깼을 때 지난밤을 같이 보낸 사람과 농담 조로 주고받는 대화다. 대화 속 등장인물 공 여사는 장모이고, 김 여사는 공 여사의 셋째딸이자 나의 배우자다. 아내는 여섯 자매 중 유독 장모님을 많이 닮았다. 잠자는 모습은 내가 소스라치게 놀랄 만큼 공 여사의 판박이다. 그래서인지 여사님의 셋째 사랑은 다른 자매가 시샘할 정도로 유별나다.

공 여사는 1934년생이다. 1958년 1일 13일 장인과 결혼한 후 65년째 같이 사신다. 장모는 딸 여섯에 아들 하나, 기적 같은 드라마의 주연 여배우다. 결혼하던 해 살림 밑천으로 첫딸을 놓더니 내리 다섯 명의 딸을 정확하게 2년 터울로 낳았다. 그로부터 3년 동안 자식이 없었으니 결혼하고 13년이 지나도록 종가에 아들을 선물하지 못한 맏며느리로 살았다. 천우신조로 공 여사는 서른여덟에 아들을 얻었으니 환희는 어떠했을까. 딸 하나, 아들 하나뿐인 나는 상상할 수 없는 극적 드라마였을 게 분명하다.

올해 90세의 공 여사, 주특기는 사업적 수완이다. 평생 공무원이었던 신랑에게는 찾아볼 수 없는 재능이다. 결혼하던 해, 신랑은 부산에 있는 대학을 졸업했다. 고시를 준비하는 남편을 위해 공 여사는 먹고사는 일을 걱정해야 했다. 1958년 어느 무더운 여름날, 인파 속에서 부산 영도다리 근처를 걷고 있는데 귓전을 때리는 익숙한 목소리가 들렸다.

"너 공 아무개 아니니?"

공 여사가 인천에서 여상을 다닐 때 이웃에 살았던 친

구의 어머니였다. 그분의 손에 끌려 식당으로 가서 국밥을
정신없이 먹었다고 한다.

"너 어렵게 살고 있나 보다. 내가 옷 가게를 하는데 일해
보지 않겠니?" 허겁지겁 국밥을 먹는 장모가 안쓰럽게 보
였을 것이다. 우연한 지인의 만남이 옷 장사에 발을 들여
놓은 계기가 되었다.

일정 기간 경험이 쌓이자 친구 어머니의 도움으로 따로
가게를 열게 되면서 장사와 돈을 알게 되었다. 당시 취급
했던 옷은 미국에서 온 구호품으로 세탁과 수선을 한 후
되파는 일이었다. 오늘날 우리가 입지 않는 옷을 동남아에
보내는 의류 사업과 다를 바 없다. 돈벌이는 쏠쏠했다.

공 여사는 첫 달 수입으로 변변한 옷 한 벌 없던 남편에
게 양복을 선물했다. 두 번째 달 수입으로 옷을 직접 수선
하고 만들기 위해 재봉틀을 사들였다. 타고난 사랑꾼이요
사업가이다. 인천과 부산에서 사업을 하셨던 친정아버지
의 사업적 유전자가 전수된 것임에 의심할 여지가 없다.

장인의 공직 생활을 부산에서 서울로 옮기자 서울 남대
문 시장, 광장시장에서 수년간 옷 가게를 운영했다. 공 여
사의 의류 관련 사업은 결혼 후 20여 년간 계속되었다. 간

혹 장모의 하지정맥류 흔적이 선명한 종아리를 훔쳐볼 때마다 지난날의 고단함을 가늠해 본다.

장모의 사업적 수완은 땅 재테크에서도 뛰어난 실력을 발휘했다. 바꾸어 말하면 합법적 토지, 주택 거래 전문가였다. 거주 이전의 선택권만은 공 여사가 전권을 행사했을 것이다. 낯선 곳을 가면서도 도로 예정지, 상업지역, 주거지역을 정확하게 예측했다. 가장 획기적 사건은 1975년 미아리에서 방배동으로 옮긴 이사였다. 당시 인구 밀집 지역이자 강북지역의 번화가였던 미아리를 버리고, 몇몇 외국 대사관과 주택이 띄엄띄엄 있었던 스산한 방배동으로 배팅을 한 것이다. 무모한 도전이었다. 아내가 중학교 1학년 때 일이었다. 이사한 첫날, 학교 수업을 마치고 집으로 가던 기억을 아내는 내게 자주 이야기하곤 했다. 하나밖에 없는 버스 노선, 288번을 타고 무덤(현 국립현충원)이 많은 곳을 지나서 휑한 곳에 도착했을 때 '드디어 우리 집이 망해서 서울의 끝, 방배동으로 집을 옮겼구나' 하는 생각까지 들었다고 한다.

미아리 집은 방 일곱 칸 한옥이었다. 아홉 식구가 생활하기에 넉넉했던 집을 떠나며 장인은 매우 안타까워했다고 한다.

2023년 3월, 미아삼거리에서 방배동으로 이사한 지 48년이 되었다. 방배동 집은 형태만 바뀌었을 뿐 아직도 건재하니 처가 아홉 가족의 실타래 같은 추억을 품고 있는 반짇고리다. '미아동에서 방배동으로', 부동산에 대한 장모의 선견지명은 몇십 년을 앞서간 것이다.

공 여사는 아직 청춘이다. 유난히 추웠던 2022년 겨울, 아내는 골퍼용 솜바지를 사다 드렸다. 바지의 길이가 길었던 모양이다. 사위인 내게 굵은 실을 바늘귀에 꿰어 달라고 하시더니 바지 끝단을 안쪽으로 주섬주섬 접어 올려 한 땀 한 땀 바느질하신다. 시력은 흐릿해졌지만, 손끝의 감각은 내 아내를 능가한다. 공 여사는 아직 30대다.

TV에서 좋아하는 노래가 나오면, "박 서방, 최백호의 '낭만에 대하여' 큰 글씨로 된 악보 좀 구해 줘."라고 당부한다. 넷째딸이 선물해 준 피아노로 연주해 보고 싶은 것이다. 어쩌다 내 승용차 조수석에 앉아 가까운 곳을 나서면 콧노래를 흥얼거린다. 감성은 아직 40대다.

공 여사의 최애 음식 메뉴는 '외식'이다. 집에서 하는 식사는 세 살 아이 약 먹듯 뭉그적거리지만, 외식 때는 다르다. 대화는커녕 입가에 묻은 양념도 훔치지 않고 식도락을 즐기신다. 그녀는 미각 예민한 50대가 확실하다.

90세가 된 공 여사, 혼자의 힘으로 5분 동안 걷기가 쉽지 않다. 탄탄하던 두 다리는 힘이 빠지고, 두 무릎 사이에 큰 동굴이 생겼다. 당당하게 하늘로 치솟던 어깨는 늘어진 빨래 마냥 땅으로 처졌다. 보청기가 없으면 비밀스러운 대화도 불가능하다. 시력도 나빠져 핸드폰 문자도 정확하게 읽지 못한다. 천하의 공 여사도 세월을 비껴가지는 못하는 것일까. 34년생 개띠 공 여사를 바라보는 58년생 개띠 셋째 사위는 먼 산을 보고 짖기만 할 뿐, 오늘이 가고 내일이 오는 것을 막을 재간이 없다.

"공 여사님, 내일도 오늘같이 삽시다."

엄마와 어머니

'엄마 찾아 삼만리'는 1960년대 영화다. 나이 어린 주인공 민수와 민지가 아버지의 수술비를 마련하기 위해 집에서 나간 엄마를 찾기 위해 전국을 헤매는 가슴 아픈 사연을 다뤘다. 나는 초등학교 고학년 방학 때, 대구 칠성동 어느 삼류 극장에서 사촌 누이 한 분과 영화를 보면서 하염없이 울었다.

'엄마 없는 하늘 아래'는 1977년 제작된 영화다. 동생 철호를 낳자마자 어머니는 돌아가시고 병든 아버지, 어린 동생과 힘겹게 살아가는 13살 소년 가장 김영출 군의 삶을 다룬 영화이다.

두 영화는 슬픔, 고난, 아픔이 넘쳐나고, '엄마의 부재'는 '불행'이라는 등식을 보여 주고 있다.

나에게는 두 분의 어머니가 계셨다. 초등학교 4학년쯤, 설날로 기억한다. 대구에 계시던 아버지가 어머니가 아닌, 처음 보는 여자분과 함께 합천 조부모님 댁에 나타났다. 조부님 슬하에서 자랐던 어리숙한 시골 촌뜨기인 나는 그날의 돌발 상황이 무엇을 의미하는지 알지 못했다.

할아버지가 처음 본 여자분께 '둘째 손자는 니 아들 하거라'라고 던진 한마디에 2녀 2남 중 막내인 나는 두 분의 어머니를 둔 기형아가 되고 말았다. 기형적 가족관계는 내가 고등학교 3학년 때 생모가 별세하면서 끝났다. 십여 년 일그러진 세월은 혼란과 불안의 연속이었고 영원히 감추고 싶은 가족의 흑역사였다.

이제 아버지도 어머니도 그리고 두 번째 어머니도 돌아가신 지 많은 세월이 흘렀다. 내가 60대 중반이 된 지금 생각해 본다. '아버지는 왜 두 번째 어머니를 만났을까?' 여자를 보는 기준은 부자지간도 같을 수는 없다. 내 기억 속에 생모는 미인이었다. 멋쟁이였고 키도 커서 '키다리 아줌마'라는 별명을 갖고 있었다. 다만 '여자 대장부'라는 별명도 있었던 것을 생각하면 남편에게 다정다감한 아내는 아니었을 것이다.

두 번째 어머니는 작은 키에 미모도 생모에 미치지 못했다. 건강도 나빠서 아내로서 매력도 있어 보이지 않았다. 아무리 생각해 봐도 두 번째 어머니의 매력은 선친만 알뿐 나는 알 길이 없었다.

기관지가 좋지 않았던 두 번째 어머니는 40대 초반부터 점쟁이들이 이구동성으로 '1, 2년밖에 못 산다'고 장담했지만 72세까지 사셨다. 반면 건강하던 생모는 47세에 돌아가셨다.

내가 고등학교 3학년 때, 생모는 유방암으로 세상을 떠났다. 나의 두 어머니 눈치 보기도 자연스레 끝이 났다. 긴 세월이 흘렀지만 평탄하지 않았던 두 여인의 삶을 곰곰이 생각해 본다. 나는 아버지와 두 여인 간, 만남의 인연을 듣지 못했다. 어린 탓에 관심을 두지 않았고 물어보기도 민망했다.

내게 남은 기억의 몇 조각을 맞춰보면, 생모는 남편 복이 지지리도 없었다. 자식으로서 할 수 있는 말은 아니지만 스무 살, 열아홉 살에 결혼한 두 분은 처음부터 부부의 인연이 아니었는지도 모른다. 나는 두 분이 살갑게 정담을 나누거나 다정하게 있는 모습을 본 일이 없다. 내가 아버지, 어머니와 한 지붕 아래서 살았던 기간은 초등학교 6학년, 중학교 1학년 때 2년 남짓이다. 불행하게도 일찍 돌아가신 생모와 추억이 별로 기억에 남아 있지 않다. 억울하고 분통할 일이다.

어느 해 추석날, 생모는 합천 조부모 댁에 혼자 왔었다. 며칠 머물다 떠나며 얼굴 화장할 때 사용하는 얇은 가제 손수건을 버렸는지 빠뜨렸는지 작은방에 두고 가셨다. 손수건은 생모가 사용하던 화장품 냄새를 잔뜩 품고 있었다. 나는 가제 손수건을 형 몰래 감춰두고 오래오래 냄새를 맡았다. 화장품의 독한 냄새가 나에게는 생모의 젖 냄새였다. 생모는 병아리에게 어미 닭의 품 같은 도피처가 되지 못했고 그리움이 되어 버렸다. 생모의 미소를 꿈에서라도 뵙기를 바라지만 불효자에게는 그것마저 호사인지 쉽사리 허용되지 않는다.

두 번째 어머니는 많은 면에서 생모에 미치지 못했지만, 아버지를 끔찍이 위하는 여인이었다.

　나는 고등학교를 졸업하던 해부터 9년 동안 아버지, 두 번째 어머니와 함께 서울 중구 신당동에서 살았다. 어렴풋이나마 아버지가 당신의 마음을 빼앗긴 이유를 읽을 수 있었다. 두 번째 어머니는 오랫동안 만성폐쇄성폐질환을 앓고 있었다. 낮은 오르막도 여러 번 쉬면서 가야 했다. 가방에는 흡입제를 분무할 수 있는 기구를 항상 가지고 다녔다. 병원의 의무기록지가 두꺼워서 서너 권으로 나누어져 있었다. 그런데도 단 한 번도 아버지에게 찬밥을 밥상에 올리는 것을 보지 못했다. 머리에 흰 수건을 동여매고도 하얀 김이 나는 아침상을 준비했다. 칼퇴근이 주특기인 아버지, 집에 도착할 무렵 이미 밥상은 안방에 차려지고 부엌에는 강된장이 조려지고 있었다. 아버지가 귀가 후 손만 씻으면 식사할 만반의 준비가 되어 있었다. 나는 아버지가 색 바랜 내의(흔히 말하는 '러닝셔츠') 입은 것을 보지 못했다. 항상 세탁비누로 삶고 가쁜 숨소리를 내뱉으며 손으로 비벼 빨았다. 근래 나는 손수 세탁하면서 자주 누렇게 변하는 흰색 내의를 검정 색상으로 바꿀까를 고민하고 있다. 고단한 몸으로 아버지를 위해서는 최선을 다했음을 인정할 수밖에 없었다. 그러나 나는 두 번째 어머니가 돌아가실 때까지 한 번도 '엄마'라고 불러보지 못했다.

두 영화에서 보듯 '엄마의 부재'는 불행이다. 그러나 나에게는 '두 어머니'가 있어 불행했다. '엄마의 부재, 두 어머니 존재'는 자식이 선택한 조건이 아니다. 이제 꽁꽁 감춰 두었던 가정사를 풀어놓고 나도 가볍게 살고 싶다. 두 분의 어머니가 세상을 떠난 지도 긴 세월이 흘렀다. 그곳에서도 삶이 있다면 두 분은 옷깃조차 스치는 인연 없이 각자의 세상에서 자유롭게 살아가기를 빌어 본다.

목련은 그리움이다

나는 나이가 마흔이 다 된 아파트에 산다. 우면산과 도로 하나를 두고 있어 공기가 좋을 뿐만 아니라 지하철역과 가까워 교통도 편리하다. 그래서인지 나이 드신 분이 많이 산다. 명절 때마다 주차장이 더 복잡해지는 것을 보면 알 수 있다. 반면 평소에 아기 울음소리, 초등학생의 재잘거림은 운이 좋아야 들을 수 있다.

우리 집은 2층이고 방이 네 개다. 딸의 방은 북향이라 햇빛이 귀하다. 겨우 아파트 뒷동 유리창에서 반사된 빛이 전부다. 딸은 북쪽 방에서 십 년을 살았다. 서울에서 언어학 석사과정을 마친 딸은 성에 안 찼는지 1년에 오백만 원, 5년간만 부모의 도움을 받기로 하고 미국으로 유학을 떠났다.

방 베란다 가까이에 두 그루의 목련이 있다는 것을 딸이 유학을 떠난 후에야 나는 알았다. 정작 방주인은 목련의 존재를 알고 있었을까. 제대로 볼 여유가 없었을 것이다. 주인이 없는 빈방을 3년간 들락거리며 목련을 볼 때마다 타국에 있는 딸을 생각했다.

최근에야 빈방을 나의 임시 서재로 꾸미고 2월 25일부터 목련의 개화 과정을 카메라 렌즈에 담기 시작했다. 지나친 관심이 화근이 되었을까. 3월 말에는 핀다는 목련이 뜸만 들이고 미동도 하지 않았다. 꽃도 딸처럼 나에게 '밀당'을 거는 걸까. 4월 초, 오랜 기다림 끝에 새싹이 무거운 지표를 비집고 하늘로 향하듯, 고깔모자 끄트머리 같은 목련 꽃잎이 단단한 껍질을 밀치고 배시시 기지개를 켰다. 한 번 또 한 번, 상반신을 베란다 밖으로 내밀고 파르르 셔터를 누른다. 위험한 행동을 할 때마다 못마땅한 듯 아내의 볼멘소리가 귓전을 때린다.

4월 10일 기다리던 목련이 우윳빛 가슴을 완연히 내보였다. 촬영을 시작한 지 50여 일만이다. 수없이 셔터를 눌러 댄다. 렌즈를 몇백 번을 열면 목련의 향기까지 사진에 담을 수 있을까.

　사진 몇 장을 골라 미국 인디애나폴리스에서 런던으로 삶의 무대를 옮긴 딸에게 보낸다. 런던 하이드 파크에도 꽃들이 넘쳐나겠지만, 본인 방 앞에 있던 것과 비교가 되겠는가. 딸에게 찰나의 위안이라도 되었으면 좋겠다.

　목련木蓮은 '연꽃 같은 꽃이 나무에 핀다' 하여 이름이 붙여졌다고 한다. 북향화北向花라고도 한다. 꽃이 북쪽으로 향하는데, 북쪽에 있는 연인을 그리워하기 때문이라는 이야기도 있다.

　런던은 서울에서 북서쪽이다. 베란다 앞 목련꽃들이 약속이나 한 듯 꽃 머리를 북쪽으로 향하고 있다. 4월 초, 연등 같은 목련 위에 딸의 미소가 포개진다. 나도 오랫동안 목련꽃이 가리키는 곳을 본다. 그리움으로 2022년 4월이 간다.

추억 쌓기

"아부지, 월요일 저녁에 순댓국에 두꺼비 한잔하시겠습니까?"

1월 어느 토요일, 스물여덟 살 아들이 여행용 가방을 끌고 거실로 나오며 느닷없이 던진 질문이다. 깐죽이듯 나의 반응을 살핀다. 혼자 떠나는 제주 여행이 미안해서일까, 이유는 알 수 없지만 그렇게 하자고 했다.

약속한 날 오후 우면산 골바람을 타고 눈발이 심상찮게 흩날린다.

'뜬금없이 웬 순댓국?'

약속 장소로 가는 지하철 안에서 무슨 일일까 골똘히 생각해 보지만 궁금증만 더할 뿐 끝내 답은 찾지 못했다.

초저녁 시간의 허름한 순댓국집. 출입구 가까운 좌석에는 건설 현장 작업복을 입은 세 사람이 소주 여섯 병을 무질서하게 세워 둔 채 목소리를 높이고 있었다. 구석 자리에 앉아 아들과 소주 두어 잔 기울이다 방배동에도 비슷한 식당이 많은데 하필 삼선교까지 온 이유를 물었다.

"제가 학교 다닐 때 친구들과 자주 오던 곳인데 아버지와 한 번쯤 와보고 싶었습니다."

아들의 대답을 듣는 순간, 십여 년 전에 작고하신 '아버지와의 짧은 추억 쌓기'가 뇌리를 스쳤다. 이런저런 가족사로 아버지와 나는 한 집에서 부대끼며 생활한 기간이 오래되지 않아 남들같이 부자간 애틋한 정이 있는 것도 아니었다. 내가 초등학교 시절 어쩌다 아버지가 가까이에 계신 것만으로도 숨을 쉬기 힘들 정도로 무섭고 부담스럽기만 했다.

아버지가 직장을 그만둘 즈음, 나는 틈나는 대로 '아버지와 어설픈 추억 쌓기'를 시작했다. 한강 둔치도 가고, 나의 단골집, 아버지의 단골집을 함께 다녔다. 나는 서두르지 않았다. 아버지는 70대 후반, '추억을 쌓기' 위한 시간이 충분히 남았다고 생각했다. 틈나면 초등학생 아들도 함께했다. 아들에게도 생색내듯 할아버지와 추억을 만들어 주고 싶었다. 그러나 삼대三代의 추억 쌓기는 몇 해 못 가고 어이없이 끝났다.

5월 중순 어느 토요일, 방배동 인근 중국 식당에서 3대가 모여 추억 쌓기를 하였다. 식사가 끝날 무렵 아버지는 식당 전화번호가 적힌 젓가락 봉지를 꼬깃꼬깃 상의 주머니에 찔러 넣으셨다. 서울에 있는 고향 친구 여섯 명을 불러 맛있는 음식을 함께 드시고 싶어 하셨다. 그러나 아버지의 소박한 바람은 이루어지지 못했다.

중국집에서 3대가 추억을 쌓은 지 일주일 후, 119 구급대원으로부터 전화를 받았다. 아버지는 집 근처 작은 쉼터에서 돌아가셨다. 심근경색이었다.

아들이 묻는다.

"아버지, 이 집 순댓국 맛 몇 점을 주시겠어요?"

"대략 7점 아님 8점."

내가 아들에게 되묻는다.

"돌아가신 할아버지랑 같이 갔던 예술의 전당 앞 콩비지 맛은 어땠어?"

"아버지 미안하지만, 저는 그때 초등학생이라 콩비지 맛이 뭔지도 몰랐습니다. 그냥 뜨겁고 맵기만 했습니다."

아들과 이런저런 이야기를 나누면서 좀 더 일찍 '아버지와 추억 쌓기'를 하지 못한 것을 반성한다. 부모는 '기다림'으로 자식에게 기회를 주지만 기다림의 끝이 '오늘'이 될 수 있다는 것을 깨치지 못했다. 또한 알량한 추억 쌓기가 나를 위한 위안거리 만드는 일임에도 부모에게 드리는 효도라며 생색을 냈다. 결국 한강유람선 타기, 대중목욕탕에서 등 밀어 드리기, 남산 타워에 올라가 우리 집 찾기, 삼대가 손잡고 고향 폐가 방문하기는 풀지 못한 숙제가 되고 말았다. 만시지탄이다.

어둑어둑한 귀갓길. 우면산 자락 끝에 눈이 내린다. 소주 몇 잔의 여운과 솜털 같은 함박눈이 나를 위로한다.

하늘을 보며 눈물을 삼킨다. 아들이 애써 못 본 척한다.

엄마야 누나야

"누부야! 내 머리 많이 아푸다."

차가운 바람이 부는 저녁답에 나는 부엌일로 바쁜 누나에게 긴 얼굴을 찡그리며 응석을 부린다. 내가 살던 초가집의 안방과 정지 사이에는 작은 밥상 하나 드나들 만한 작은 문이 있었다. 방 아랫목에서 부엌으로 목을 반쯤 내밀고 구원의 신호를 보낸 것이다. 누나는 열여덟 살, 나는 여덟 살이었다.

"마이 아프나? 쪼깨만 기다리거라. 할배 할매, 들에서 오시기 전에 쌀밥 줄게." 누나의 화답이 끝나기도 전에 내 머리는 말끔히 나았다.

유년 시절, 내 추억의 시발점은 할아버지, 할머니, 두 명의 누나와 형이다. 불행하게도 엄격한 아버지, 인자한 어머니에 대한 기억은 많지 않다. 도시에서 일하던 부모님은 데리고 있던 자녀가 대여섯 살 될 무렵이면 순서대로 시골 조부모 집에 보냈다. 2남 2녀 모두 똑같다. 내가 시골로 보내진 게 다섯 살쯤이라고 하니, 어린 시절 부모와 함께 보낸 추억이 남아 있지 않은 것은 기억의 오류가 아니다.

큰누나는 초등학교 졸업 전부터 가사를 도맡아 했다. 반찬이야 손맛 좋은 할머니가 만드셨지만, 이른 아침에 마을 우물에서 물을 길어 큰 항아리 물독에 채우는 일, 매 끼니를 준비하는 일상은 누나의 몫이었다. 두메산골에서 천수답 3마지기, 자갈밭 8마지기 농사가 여섯 식구를 위한 경제적 수입의 전부였다. 할아버지와 할머니는 농사만으로도 벅찼을 것이다. 누나가 스무 살에 결혼하여 대구로 시집가기 전까지 나는 누나의 치마끈을 잡고 어린 시절을 보냈다.

고뿔이라도 걸려 칭얼대면 할아버지가 드실 갓 지은 쌀밥을 놋대접에 담아 달걀 한 알 깨서 얹고, 간장 한 술, 참기름 한 방울 떨어뜨려 쪽문으로 넘겨준다. 쓱쓱 비벼 먹으면 녹용, 인삼 '저리 가라' 하는 보약이었다. 내가 꾀병을 부릴 때마다 누나는 바보같이 속아 줬다.

과일을 먹고 싶다고 어리광을 부리면 뒤주에서 보리쌀 한 되를 책보에 담아 허리춤에 매어 준다. 산 중턱에 있는 과수원에 가서 복숭아와 풍개를 바꿔 먹고 오라는 뜻이다. 과일이 남더라도 집으로 가져오면 안 된다는 경고도 잊지 않았다. 할아버지, 할머니가 눈치챌 수 없도록 완전범죄를 사주했던 셈이다.

방학이 되면 나는 대구로 부모님을 찾아가곤 했다. 떠나는 날, 누나는 나들이옷을 미리 사 두었다가 읍내에 있는 버스 대합실 으슥한 곳에서 갈아입혀 보내기도 했다. 할머니 몰래 참깨 몇 되는 내다 팔았다는 뜻이다. 누나는 타지에 있는 어머니에게 막냇동생의 누추한 모습을 보여주고 싶지 않았을 것이다. 누나의 마음 씀씀이가 자식 몇을 낳은 엄마와 진배없었다.

뿐이랴. 성인이 되고도 나는 누나에게 받기만 했다. 결혼 후 30여 년 동안 우리 집은 김장을 하지 않았다. 누님은 초겨울에 먹을 김치, 이듬해 2월부터 먹을 수 있는 갈치김치와 청국장, 고추장까지 손수 지은 농산물로 만들어 보내 주셨다. 김치를 잘 먹지 않는 우리 아이들도 고모가 해 준 김치는 즐겨 먹었다.

엄마같이 막냇동생을 챙겨 주었던 누나는 이제 70대 중반이다. 장녀로 태어나 부모의 사랑을 받아야 할 나이에 동생들에게 베풀기만 했다. 결혼과 동시에 홀시어머니와 홀시할머니 밑에서 혹독한 시집살이를 용케도 견뎌냈다.

20여 년 전, 누님이 하신 말이 가슴을 쓰리게 한다.

"동생, 나는 백화점은 안 가. 여기저기 영어로 쓰여 있어서…. 주변 사람들이 내가 영어 알파벳도 제대로 모르는 것을 알까 두려워. 아니 창피해." 큰누이는 동생들에 치여 초등학교만 마쳤다. 영어 교육은 전혀 받지 못했다. 배우지 못한 한이 가슴에 응어리로 남았다가 작은 자신감도 갉아 먹어버렸나 보다. 자존감의 상실 탓일까. 자식 넷 잘 키워내고 이제 행복하기만 하면 되는데 불행하게도 기억이 깜박깜박한다.

"별일 없제? 건강하제? 그라마 됐다."

전화하다가 할 말이 생각나지 않을 때 누나가 단골로 사용하는 말이다. 짧은 통화에서 두세 번은 등장한다. 같은 질문을 들을 때마다 처음 듣는 것처럼 대답하면서도 가슴이 꽉 막힌다. 누나의 기억 속에 막냇동생은 어디까지 남아 있을까. 5월의 싱그러움 저편에서 먹구름이 몰려온다. 2022년 어버이날 저녁에 내리는 빗소리가 가슴을 적신다.

'엄마야 누나야 고향 가자'

작은 거인

장모가 일주일 만에 퇴원하는 날, 퇴원 담당은 셋째 딸이었다. 90세가 된 장모는 입원 횟수가 잦아졌다. 딸들이 번갈아 도우미로 나서지만 미덥지 못한 탓인지 93세 장인은 장모가 병원에 오갈 때면 빠지시 않고 동행했다. 그런데 이번 퇴원에는 왠지 장인의 모습은 보이지 않았다. 힘에 부치신 걸까 아니면 딸을 믿고 맡기기로 한 걸까. 대신 자택에서 전화로 도우미 셋째딸에게 퇴원 절차와 수납, 다음번 진료 예약 등을 미주알고주알 설명하고 당부하고 지시한다. 꼼꼼하고 철두철미한 성품은 공직에 계실 때나 구순을 넘긴 지금이나 여전하시다.

장인은 1931년 삼대독자 가문에서 3남 2녀의 장남으로 태어났다. 1960년 12월 2일 '국토건설 추진 요원 등용 선발시험'을 거쳐 공직에 발을 들여놓은 역사적 인물이다. 당시 정부는 '학사 공무원'으로 불리기도 했던 국토건설 추진 요원 2,056명을 선발하였고, 일정 교육 이수자는 정부 각 부처에 배속시켰다. 장인은 1961년 거제도 제일중고등학교에서 공무원으로 첫 근무를 시작했다. 당시 직급은 지금의 9급 행정서기보였다. 그 뒤 마산중학교, 부산 수산대, 부산대학교 부속병원 등 부산 경남 지역에서 근무하였고, 서울대학교 부속병원, 서울대학교, 문교부(현 교육부)에서 대학재정과장, 총무과장, 대학학사심의관(국장) 등 보직을 맡으며 서울에서 근무하였다. 장인의 공무원 마지막 보직은 서울대학교 사무국장이었다. 공무원 퇴직과 동시에 사학연금관리공단 감사, 국정교과서 감사, 대한교과서 사장을 역임한 후 70대에 은퇴하였다. 정부 기관과 공공기관에서 무려 40여 년을 근무했으니 상상할 수 없는 긴 여정이다.

셋째 사위도 은퇴하니 장인과 만나는 일이 잦아졌다. 시간 여유가 있을 뿐만 아니라 가까운 거리에 살기 때문이다. 자주 만나면 살가워지는 것일까. 장인과 사위 사이 마음의 거리도 자연스레 가까워진다. 거실 소파에서 바투 앉아도 거부감이 없다. 이런저런 세상사 이야기를 하다가 장인의 일일 생활표를 들어볼 기회가 있었다.

공직에 있을 때나 지금이나 아침 기상은 새벽 5시, 취침은 밤 10시다. 다만 기상 후 일과표가 달라졌을 뿐이다. 90세를 훌쩍 넘긴 장인은 하루 세끼를 정해진 시간에 드신다. 장모나 도우미가 챙겨 주지 않으면 스스로 찾아 드신다. 통상의 하루는 돋보기로 조간신문 2시간 정독하기, 건강 관련 라디오 방송 듣기, 아파트 단지 헬스클럽에서 정해진 시간에 근력운동을 즐긴다. 진행자가 바뀐 KBS '전국노래자랑', 중년 남성들의 로망을 다룬 MBN의 '나는 자연인이다'도 즐겨 보신다. 취침 전, 컴퓨터에서 '카드 맞추기'는 하루의 마지막 일과다. 지겹지도 않을까. 60여 년을 한결같이 정해진 일정표대로 움직인다. 규칙적인 생활의 대명사다. 벽시계는 세월의 무게를 이기지 못하고 멈췄는데 장인의 인생 시계는 결코 멈추는 법이 없다. 직장에서 장인과 같은 상사를 만나지 않은 나는 행운아다. 범접

할 수 없는 내공이 부러울 뿐이다.

사위와 만나는 횟수가 잦아질수록, 장인은 과거의 소회를 밝히는 일이 많아졌다. 장인은 연세가 80대 중반 때까지 새해 첫날에는 L 전 국무총리, K 장관댁을 빠지지 않고 방문했다. 한번 맺어진 인연을 소중히 여기는 분이다. 반면 장인은 소신을 지키는 대신 본인의 화려한 미래를 포기한 강직한 공직자였다. 공무원 근무 중 뼈아픈 상처도 있었다. 깊은 상처는 지워지지 않고 흉터로 남아 공직 생활을 국장(이사관)에서 마감해야 했다. 문교부 총무과장 시절, 인사권을 담당하는 본인도 인지하지 못한 채 서기관에서 부이사관으로 승진하여 지방대학 사무국장에 보임됐다. 문교부로 다시 돌아오는 데 수년이 걸렸다. 윗선의 특별한 요구를 몇 번 거절한 탓이었을까. 소신을 지키다가 꿈꾸던 미래가 송두리째 사라진 것이다. 지금도 그때 일을 회고하며 섭섭함을 토로하신다. 얼굴에 붉은 기운이 역력하다. 셋째 사위가 정중히 위로한다. "아버지, 그때 윗선의 요구를 수용했다면 더 좋은 지위에 오르셨겠지요. 그러나 후배들은 지금처럼 장인어른을 훌륭한 선배로 기억하지 않았을 겁니다." 장인의 얼굴에 다시 평온함이 찾아온다.

장인은 후배들에게는 다정한 사람으로 기억되고 있는 듯하다. 어느 해, 장인과 같이 근무한 경험이 있고, 퇴직한 후 부동산 관련 사업을 하는 강 선생을 장인의 큰딸이 개인적인 일로 만났다. 세 사람의 만남에서 큰딸은 강 선생이 장인에게 대하는 예의가 지나치게 정중하고, 장인에 대한 평가 때문에 놀랐다고 한다. 강 선생은 "김 국장님은 청렴의 상징이었고, 상급자에게는 지나치게 엄격한 반면 후배들에게는 다정다감한 공직자였습니다. 후배들에게 좋은 길라잡이가 되었던 분입니다"라고 말했기 때문이다.

퇴근 후 자택에서는 두 입술 꽉 깨물고 말이 없다가, 가끔 어머니에게 경상도의 억센 목소리로 고함을 치던 아버지가 직장 후배들에게는 부드러운 상사였다는 것을 큰딸은 믿을 수 없었다고 한다.

장인은 인생의 멋을 아는 분이다. 장인과 가장 기억에 남는 한 장면은 골프다. 2019년 5월 초, 장인은 맏사위에게 골프를 같이 할 사위 3명을 선정하라는 명령을 하달했다. 맏사위는 목소리 큰 셋째 동서, 공부 잘하는 막내 동서를 선발했다. 2019년 6월 10일, 용인에 있는 S 클럽에서 장인과 사위의 첫 라운딩이 성사된 것이다. 장인은 다리가 조금 불편함에도 한 홀도 건너뛰지 않고 진지하게 라운딩에 집중했다. 안정된 자세는 과거의 구력을 입증하고도 남았다. 라운딩 성적표는 장인 90, 첫째 사위 84, 나머지는 100+다. 라운딩의 모든 비용은 장인의 몫이었다. 라운딩 4시간 동안, 장인의 숨소리를 가까이서 들으며 보냈다. 성실함과 주어진 여건에서 최선을 다하는 노익장의 모습을 보았다. 사위들과 라운딩을 끝으로 골프 클럽을 정리하시고 회원권도 처분하셨다. 생애 마지막 골프 라운딩 상대로 사위를 택한 것이었다. 인생의 의미 있는 추억을 만들고 멋을 누릴 줄 아는 작은 거인이다. 장인의 춘추가 89세 때 일이었다.

장인은 1958년 대학을 졸업하던 해, 4녀 1남의 장녀인 장모를 만나 결혼하여 딸 여섯, 아들 한 명을 두었다. 일곱 명의 자녀, 누구도 저세상으로 장인, 장모보다 앞서는 것을 허락하지 않았다. 외손자 6명, 외손녀 6명을 두었고 친손자 2명을 두었다. 장인은 하루 세끼를 집에서 드시는 '삼식이' 생활을 당당히 즐기고, 하루 24시간 와이프 옆을 맴도는 '하와이' 생활을 당당히 누린다. 부권夫權이라는 단어의 언급도 조심스러운 세상이다. 60대 중반 사위도 아내에게 머리를 조아리며 다소곳이 사는 세상에 아직도 집 안팎에서 목소리 쩌렁쩌렁 울리며 살아가는 장인은 '국토건설 추진 요원' 중 최후의 승리자가 분명하다.

　최근 장인의 뒷모습에서 세월의 앙금을 본다. 어깨의 양쪽이 수평을 잃고 9시 15분의 시계 침같이 기울어진다. 의자에 앉았다가 일어설 때마다 옅은 신음이 내 귀에까지 들린다. 당당함이 바위 같았던 작은 거인의 모습이 그립다. 오늘 같은 날이 내일 또 계속되기를 기대해 본다.

장모와 사위의 병원 나들이

"여보, 내일 엄마 모시고 병원 좀 다녀올 수 있어요?" 아내가 물었다.

'처남도 귀국해서 서울에 있는데 내가 장모를 모셔야 해?' 의아해하며 나는 흔쾌히 답하지 않았다.

장인은 92세 장모는 89세, 두 분은 판교 아파트에 사신다. 슬하에 딸 여섯 명과 아들 한 명을 두었는데 딸들은 모두 두 살 터울, 아들은 세 살 터울이다. 일곱 명은 약속이라도 한 듯 똑같이 두 명의 자녀를 두었다. 모이면 30명, 1개 소대 병력이다. 식솔이 너무 많아 설, 추석 때 한꺼번에 모이기가 불가능할 때도 있었다. 궁여지책으로 설에는 1, 3, 5번 딸과 아들 가족이, 추석에는 2, 4, 6번 딸과 아들 가족이 번갈아 찾아뵐 때도 있었다. 그런데 셋째 사위가 장모의 병원 나들이에 도우미 역할을 해야 하는 이유는 무엇일까. 북적거림도 이미 과거사일 뿐이다.

1번 딸은 중국에서 사업을 하는 남편과 일시 해외 체류 중이다. 열외 인력이다. 2번 딸은 지방에 거주한다. 비상시 투입되는 예비자원이다. 3번 딸은 내 아내인데 코로나 유사 증세로 일시적 불용자원이다. 4번 딸은 특수언어센터를 운영하고 있어 주중에 자리 비우기가 쉽지 않다. 다급할 때 투입되는 고급 비축자원이다. 5번 딸과 6번 딸은 이민 간 지 수십 년 되었다. 유사시 예비 인력 축에도 끼지 못한다. 여섯 명의 사위가 남았다. 1번 사위는 중국 체류 중이고 5번, 6번 사위는 이민, 2번, 4번 사위는 이런저런 이유로 가용 자원이 아니다. 외아들은 말레이시아 거주 중 일시 귀국하였으나 코로나 확진으로 격리 중이다. 핵심 자산이지만 현재는 불가촉천민과 같다. 이래저래 솎아내고 보니 3번 사위만 남았다. 바로 나다. 코로나와 국제화로 일곱 자녀로도 부모님 두 분 모시기가 쉽지 않은 세상에 우리가 산다.

"내가 할 수밖에 없네."

"여보 고마워, 미안해." 대답이 끝나기도 전에 아내는 친정어머니에게 전화한다.

장모는 며칠 전, 부엌 창문틀에서 큰 유리병이 발등에 떨어져 응급 처치를 받았다. 오늘은 뼈의 이상 유무를 확인하기 위해 정형외과에 가는 날이다. 40년을 병원에서 근무한 나에게는 진료 안내가 어려운 일은 아니다. 퇴직하고 난 뒤라 시간 여유가 있으니 굳이 피할 일도 언짢은 일도 아니다.

다행히 장모의 검사 결과도 좋았다. 골절이 아니라 단순 찰과상이다. 돌아오는 승용차 안, 어쩌다 하루, 사위의 도움을 받은 장모와 장인은 "박 서방, 미안해 고마워."를 연발한다. 내게 베푼 은혜가 한량없는데, 나의 티끌 같은 수고에 미안해야 할 일인가를 곰곰이 생각해 본다.

'장모와 사위의 병원 나들이' 임무를 마치고 방배동 집으로 돌아오니 계좌에 '효도 휴가비' 십만 원이 입금됐다.

'방배동 7명의 독수리(처가 7형제의 단톡방 명칭)'는 매년 공용 경비를 갹출한다. 공금은 장인, 장모에게만 쓸 수 있다. 두 분의 생일, 결혼기념일 축하 비용으로 지출한다. 또 다른 용도는 부모님과 하룻밤을 함께 보내거나 나들이를 도와주는 가족에게 1회 십만 원, 효도비 명목으로 지급한다. 사위 중에는 내가 처음으로 받았다. 격렬한 칭찬과 촌지까지 받았으니 전속 도우미가 되어 볼까. 견물생심이다.

　나의 부모님은 오래전 작고하셨다. 친부모에게 최소한의 도리라도 다하고 싶어도 이미 때는 늦었다. 장인, 장모는 내 곁에 살아계신 마지막 어른이다. 두 분이 평균 수명을 넘어 생존해 계신 것은 당신의 복이라기보다 자식들의 복이다. 자식들에게 작은 효도라도 할 수 있는 기회를 넉넉하게 주는 것이다. 오늘 장모와 병원 나들이는 작은 효도의 기회가 내게 운 좋게 돌아온 것이다. 앞으로 몇 번의 기회가 더 있을까. 3월의 하늘이 마냥 푸르다.

할아버지의 막걸리

아침부터 내리는 비가 저녁 어스름까지 이어진다. 3월 중순의 비, 농부에게 한 해의 농사를 시작하라는 농신農神의 알림장이고, 은퇴자인 나에게는 부추전과 막걸리를 찾게 하는 쾌락의 유인제다. 양재기 잔에 막걸리를 가득 채우면 오십여 년 전 할아버지와 할머니의 모습이 보인다.

해발 600미터 합천 청계산 아래, 해거름에 산 그림자가 먼저 닿는 곳이 초계면 원당리다. 1892년생 할아버지, 1900년생 할머니, 두 분이 1920년에 부부가 되어 삶의 터전을 잡았던 곳이다. 어렵사리 일군 세 마지기 천수답과

여덟 마지기 자갈밭에서 억척스럽게 일하시던 모습이 눈에 생생하다. 할머니의 얼굴은 자갈밭의 열기로 검붉게 물들고, 할아버지의 종아리는 논농사의 물때가 끼여 반질반질 빛났다. 사람이 소처럼 일하던 시절이었다.

할머니는 농번기가 되면 지서支署의 밀주 단속 감시망을 예의주시하며 막걸리를 자주 담그셨다. 소처럼 일하던 할아버지를 위해서다. 밖에서 집안이 훤하게 들여다보이지만 거사를 치를 때는 삽작문부터 닫았다. 밀주를 제조하다가 적발되면 꽤 많은 벌금이 물렸다. 마을 이장은 밀주 단속 정보를 적절히 흘려 동네 사람의 인심을 얻기도 하지만 양조장의 미움을 사기도 했던 시절이었다.

할머니가 사랑채 쇠죽솥에 큰 밥수건을 깔고 흰쌀을 가득 안칠 때부터 할아버지 코는 이미 벌렁벌렁 춤을 췄다. 코끝에 붉은 기운까지 돈다. 미리 펴둔 멍석 위에 뜨거운 꼬두밥을 골고루 펴서 정성스레 말렸다. 누룩과 이밥이 물에 버무려지고 알 수 없는 몇 가지 재료가 더해지면 이내 안방 구들목에 큰 술독이 똬리를 튼다. 몇 줌 솔갈비로 아궁이에 불을 지피면 구들장이 익고 술독도 익었다.

할아버지는 밀주가 익어가는 과정을 진득이 기다리지 못하셨다. 술독을 꽁꽁 싸맨 무명 이불을 비집고, 코로 맛을 보고 눈으로 마시고 싶어 하셨다. 술이 익기도 전에 할아버지 코는 붉다 못해 딸기코가 되었다.

막걸리는 할아버지의 '최애' 간식이었다. 손자만큼이나 아꼈을 막걸리, 혼자만 드시지 않았다. 옆집 삼도 아재, 앞집 토째비 아재에게도 몇 잔씩 돌렸다. 문맹인 할아버지와 할머니가 '주향천리酒香千里 인향만리人香萬里'는 어떻게 알고 실천하셨을까.

막걸리는 노동력의 원천이었다. 한여름 농번기에 막걸리 몇 잔 들이켜고 할아버지의 도리깨가 춤을 추면, 보릿대는 공중제비 두어 번 돌다가 박상 터지듯이 곡식알을 내뱉었다. 그런가 하면 늦가을 추수철에 밀주 두어 잔 비운 후, 할아버지가 탈곡기 발판을 밟으면 뻑뻑했던 기계도 죽는다고 비명을 지르고, 벼 이삭은 십 리 밖으로 내동댕이쳐졌다. 막걸리는 마취제이자 환각제였다.

두 분이 돌아가신 지 삼사십 년이 훌쩍 지났다. 나도 어느덧 60대 중반이 되었다. 할아버지께서 고된 노동으로 타들어 가는 목을 축이고, 육신의 고달픔을 잊기 위해 들이켰던 막걸리. 막냇손자는 봄비를 핑계로 흥을 돋우며 홀짝거린다. 버르장머리 없는 큰 불효다. 찌그러진 양은 잔이 무거워진다.

제3부

집 나간 붕어 한 마리

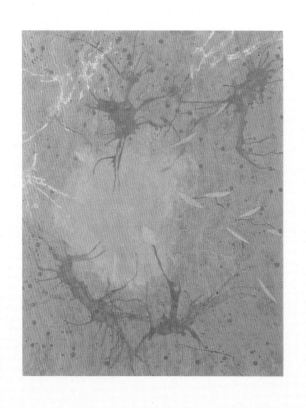

꿈은 꿀 때 가장 행복하다. 꿈의 성취는 기쁨이 되고 실패는 쓴 추억으로 남는다. 그래도 꿈은 계속 꿀 가치가 있다.

3부는 저자의 유년기와 꿈, 은퇴 후 일상을 주제로 쓴 10편을 실었다. 평범한 사람의 과거, 현재, 미래에 대한 이야기다.

홍당무가 된 엄지발가락

"여보, 우리 이사하는 첫날부터 한 침대에서 잡시다."

"그게 가능할까요. 불편할 텐데…."

2022년 11월, 이사를 보름 앞두고 아내와 나눈 대화다. 결혼은 남녀가 정식으로 부부가 되었음을 말하고, 부부는 같은 이부자리에서 자는 것이 일반적이다. 그런데 우리 부부는 각방에 맛을 들인 지가 4년이 되었다.

부부가 각자의 방에서 따로 자는 '각방'은 사회적 현상으로 보인다. 2021년 11월 조선일보는 '30~60대 부부 10쌍 중 6쌍은 잠자리를 따로 한다'고 보도했다. 유형별로는 각방 쓰기 32.4%, 한방에서 다른 침대 쓰기 25.2%, 한 침대 쓰기 42.4%였다.

각방에 대한 찬반 의견은 다양하다. 각방을 권장하는 학자도 있고 한방을 권유하는 연구 결과도 있다. 일본의 노후 문제 해결 전문가인 요코테 쇼우타(橫手彰太, 1972~)는 은퇴하고 집의 규모를 줄여도 삶의 질을 높이기 위해 '1인 1방, 각방'을 주장한다. 반면 미국 애리조나대 연구진은 파트너와 한방에서 자는 사람은 그렇지 않은 사람에 비해 수면의 질이 좋고, 만족도가 높다고 밝히며 같은 방을 쓰도록 권장한다.

우리 부부는 결혼부터 32년을 한 침대에서 보냈다. 40대 초반까지는 방이 세 개뿐이었다. 자녀가 두 명이었으니 각방을 쓸 수 있는 여건이 되지 못했다. 40대 후반, 방 네 개가 있는 집으로 이사했다. 필요하면 방을 따로 쓸 수 있는 환경이 갖춰진 셈이다.

결혼 후 32년이 되던 해 가을, 아내가 대학원에 진학하자 독립된 공간이 필요했다. 빈방은 자연스레 아내의 공부방이 되었고 침실이 되었다. 그러나 2년간 학위 과정을 끝내고도 아내는 원래의 잠자리로 돌아오지 않았다. 혼자 잠을 자는 데 익숙해졌기 때문이리라. 나 역시 부부가 따로 잠자는 '혼잠'에 익숙해져 있었다. 취침 시간이 자유롭고, 침대에서 책 읽기, 한밤에 핸드폰 들여다보기, 모두 내가 하고 싶은 대로 할 수 있다. 넓은 침대에서 대각선으로 자든, 머리를 화장실 방향으로 두고 자든 자유다. 아내도 나와 같은 편리함과 자유에 푹 빠진 게 분명했다. 각방의 '쾌미'에 빠져 4년이 훌쩍 흘렀다.

각방 사용 초기에는 잠자는 시간만 각자의 방에서 보냈는데, 시간이 흐를수록 낮에도 각방에서 보내는 시간이 길어졌다. 아파트 동 출입구에서 '안녕하세요' 인사하며 만나고, 바로 헤어지는 이웃 주민이 된 느낌이었다. 각방이 길어질수록 부부의 살가움은 옅어지고 깍듯이 예의만 갖추는 이웃처럼 건조함만 짙어갔다. 맹탕에 끓인 해장국 맛이었다. 32년의 나이테로 얼기설기 얽힌 부부간 오묘한 정이 4년 동안의 각방 생활에 삭막해져 갔다.

각방의 달콤함에 빠졌던 우리 부부, 이사와 동시에 시도한 동침은 어색하기 짝이 없었다. 아내는 이불을 따로 가져와 덮고 잤다. 한 이불을 쓰면 내 잠버릇이 고약해서 편히 잘 수 없다는 이유였다. 나 자신의 잠자는 모습을 내 눈으로 볼 수 없으니 아내의 볼멘소리를 믿을 수밖에 없었다. 잠결에 눈을 떠보면 눈앞에 아내의 얼굴이 아니라 발이 보였다. 내가 뿜어내는 콧김, 입김이 아내의 얼굴까지 가서 닿기 때문에 머리를 내 발 쪽에 두고 잔다고 했다. 사실인지 아닌지 확인할 수 없으니 받아들일 수밖에 없었다.

합방 일주일이 지나자 아내는 이불을 따로 준비하지 않았다. 드디어 한 이불 밑에서 온밤을 함께 보내는 부부가 된 것이다. 이불을 들썩이며 은근슬쩍 발을 아내 쪽으로 뻗어본다. 우물에 빨래 헹구듯 긴 다리를 두어 번 휘젓다 보니 내 엄지발가락이 아내의 발에 맞닿았다. 어색했던지 아내가 눈을 흘기며 한마디 쏘아붙인다.

"어허, 이 사람이…."

검은 속내가 들킨 것 같아 엄지발가락은 홍당무가 되어 화끈거렸다. 그래도 2022년 겨울의 긴 밤이 살갑게 깊어 갔다.

세간에는 나이에 따라 잠자리 형태를 달리 표현하는 우스갯말이 있다. 20대는 한 몸처럼 붙어서 자고, 30대는 얼굴을 마주 보고 자지만 40대는 천장을 보고, 50대는 각자 다른 벽을 보고 잔다고 했다. 60대는 각방에서 긴 밤을 보내고, 70대는 서로 어디서 자는지 모르고, 80대는 각방을 쓰되 한 사람은 지구에서 다른 한 사람은 하늘나라에서 잔다는 것이다.

60대의 우리 부부. 각방을 쓰는 세월이 길어지니 '한집에 사는 졸혼 부부'가 되어가고 있었다. 몇 년 후에는 데면데면한 하우스메이트Housemate가 되어 있을지도 모른다.

나는 편함과 자유를 포기하더라도 연인과 함께 잠자리에 들고나며 겨울밤을 보내고 싶다. 오늘 밤도 솜이불 아래 숨죽이고 있는 엄지발가락이 홍당무가 되기를 은근히 기대한다.

내 꿈 셋

'대학생 되기'

'내 집 갖기'

'관리자 시험 한 번에 통과하기'

스물여덟 살 때 내가 가졌던 꿈 세 가지다. 나의 첫 직장은 S대학교병원이다. 고등학교를 졸업하던 해 1977년 4월 22일 첫 출근을 했다. 입사한 이듬해 10월, 교육부 산하 부속병원이 특수법인 의료기관이 되었다. 임시직으로 입사했던 나는 법인화 과정에서 정규직 발령을 받은 격변기의 수혜자이기도 하다. 가장 큰 수혜는 군 미필자에게도 입사 기회가 주어졌고, 휴직자 신분으로 군 복무를 마칠 수 있었다. 지금 생각해 보면 특혜에 가깝다. 당시 여타 공기업도 별반 다르지 않았다. 1986년 2월, 스물여덟에 지금의 아내와 결혼하여 티격태격 소꿉장난처럼 살아가고 있다. 결혼과 동시에 나는 '꿈 셋'을 꾸기 시작했다.

첫 번째 꿈은 '대학생 되기'였다.

나는 2녀 2남의 막내다. 가족 중 누구도 대학교 근처에도 못 가봤다. 1982년 군 복무를 마치고 복직 후 주변을 살펴보니, 고교 시절 공부는 뒷전이고 몰려다니기만 좋아했던 친구들은 대학생이 되어 있었다. 같이 놀던 무리는 저 멀리 앞서가고 나 혼자 뒤쳐져 버렸다는 초조감이 밀려왔다. 대학을 졸업하고 직장을 못 구한 친구는 안정된 직장에 근무하는 나를 부러워했지만, 나는 오히려 대학물을 먹고도 취업은 못 한 친구가 부러웠다. 이런저런 열등감, 초조함이 대학 진학에 대한 촉매제가 되었다. '친구 따라 강남 간다'는 말이 있듯, 늦깎이 대학생이 되기 위해 3년을 병원 창고에서 숙식하며 공부했다. 서울역 앞에 있던 학원도 자주 들락거렸다. 고등학교 졸업할 때는 없었던 내신성적이 대학 입시에 반영되어 가장 큰 걸림돌이 되었다.

다행히 결혼하던 해 가까스로 야간대학에 진학하여 1991년도에 졸업했다. 내 나이 33세 때 일이다.

두 번째 꿈은 '내 집 갖기'였다.

1980년대나, 2020년대나 서울에서 내 집을 마련한다는 것은 쉬운 일이 아니다. 결혼 당시 부모님께 전세자금으로 육백만 원을 지원받아 신혼 생활을 시작했다. 결혼 전 월급을 부모님께 모두 드렸으니, 부모의 도움을 받는 것이 부끄러운 일은 아니었다. 처음 전셋집은 잠실새내역으로 이름이 바뀐 2호선 신천역 근처 13평형, 주공아파트였다. 5층에 살았는데 엘리베이터가 없고 연탄으로 난방을 했다. 전세가 팔백만 원, 매매가는 일천이백만 원으로 기억한다. 부족한 전세 자금 200백만 원은 은행에서 융자까지 받았으니 내 집을 갖기는 요원한 꿈이었다. 아무리 노력해도 40대 초반은 돼야 엄두를 내 볼 일이었다. 그러나 '간절히 원하면 길이 보인다'고 했던가. 병원 내 직장주택조합이 결성되었고, H 건설과 연합하여 쌍문동에 아파트가 준공되면서 입주하게 되었다. 꿈만 같았다. 정확한 기록은 없지만 총투자금은 약 육천만 원, 입주 당시 매매 가능 금액은 일억 팔천만 원이었다. 주택조합의 성공 가능성은 매우 낮았지만 성공하면 차액이 보장되는 실제 현장을 경험했다. 아파트 중도금 마련을 위해 우리 부부는 어린 딸과 반지하에서 1년여를 버텼다. 내 집을 위해 '몸 테크'는 당연한 과정이었다. 어찌 되었든 두 번째 꿈도 현실이 되었다. 1991년 6월 1일, 결혼 5년 차, 내 나이 33세 때 일이다.

세 번째 꿈은 '관리자 시험 한 번에 통과하기'였다.
내가 근무하던 S 대학병원의 직급 체계는 6 내지 4급은 일반 직원, 3 내지 1급은 계장~과장~부장의 보직으로 정해져 있었다. 초급 관리자인 계장(3급)이 되기 위해서는 반드시 필기시험과 면접을 통과해야 한다. 필기시험 자격은 모두에게 주어지지 않는다. 근무평정 점수가 보직자 결원의 5배수 이내에 이름을 올려야 한다. 필기시험은 세 과목인데 모든 과목에서 40점 이상 얻고 평균이 60점을 넘어야 면접을 볼 수 있는 자격이 주어진다. 선배 중에는 필기시험 기회를 한 번도 받지 못하는 사람도 있었고, 필기시험에 불합격하여 면접장에 한 번도 가보지 못하고 평직원으로 퇴직하는 동료도 부지기수였다. 나는 1992년 다섯 자리 보직을 충원하기 위한 시험에서 25명 이내에 이름을 올렸고, 다행히 첫 번째 도전에서 필기시험과 면접을 무사히 통과하여 관리자가 되었다. 1992년 8일 1일, 내 나이 34세 때 일이다.

내 나이 60대 중반, 뒤를 돌아보면 남들보다 특별한 인생을 살아온 것은 아니다. 그러나 중요한 일이 있을 때마다, 어려운 일이 닥칠 때마다 가족, 동료, 선후배의 도움이 있었다. 감사할 뿐이다. 이제 70대의 내 꿈 세 가지를 고민해야 할 때가 됐다.

불청객

'영 올드Young Old'

국립국어원 우리말샘에 '이제 막 노년기에 진입한 노인' 이라고 쓰여 있다. 시카고 대학 교수였던 뉴가튼(Bernice Neugarten, 1916~2001)은 60대를 '영 올드'로 분류하고, 활동성과 사회 참여도가 높은 계층이라고 했다.

'Young Old'를 직역하면 '젊은 노인'이다. 그러나 60대는 젊은이가 아니다. 그렇게 보이고 싶어질 뿐이다. 나이 60에 이르면 노화에서 비켜설 수 없다. 신체기능, 기억력, 인지력의 퇴화를 매일 경험하며 살아간다. 1950년대에 태어난 나도 그렇다.

퇴화가 먼저 찾아오는 곳은 신체다.

나는 부모에게 좋은 신체조건을 물려받아 감사하며 살아왔다. 키 181.6센티미터는 친구들의 시기 대상이기도 했다. 그러나 과거사가 되었다. 발바닥에 힘주고, 목을 쭉 뻗어야 겨우 180에 미친다. 세월이 상흔도 남기지 않고 내 종아리 1센티미터를 베어갔다. 185센티미터 아들 앞에 서면 왜소하고 초라해진다.

의자에 앉았다 일어설 때마다 관절에 통증을 느낀다. 방바닥에 앉았다가 일어서려면 우스꽝스러운 동작을 연출한다. 손은 방바닥을 짚고, 머리는 낮게 바닥으로 향한 채 엉덩이를 먼저 추켜올리며 일어선다. '에구구 에그그….' 괴상한 신음은 지나간 세월에 보내는 60대의 한탄이다.

나이 듦이 말하기와 듣기까지 영향을 미치는 걸까. 동문서답도 일상이 되었다.

"여보, 며칠 있다가 일 보러 서울 좀 갔다 올게."

"갑자기 일본은 왜 가?" 아내와 나눈 대화다. '일 보러'를 '일본'으로 들은 것이다. 나의 발음이 불분명했거나 아내의 청력에 문제가 있다는 증거다. 아내와 씁쓸한 미소를 주고받는다. 하루에 한 번쯤 만나는 반갑지 않은 현실이다.

신체의 변화뿐이겠는가. 기억력의 감퇴도 한숨을 토하게 한다.

우리 집 식탁에는 약통 두 개가 있다. 아내는 일주일 분량의 약과 영양제를 일곱 칸짜리 통에 요일별로 담아 둔다. 하루 한 번 먹는 약, 매일매일 챙겨 먹기 위한 노력이다. 그러나 일주일에 한두 번은 약을 먹지 않고 지나간다. 심지어 약통의 크기와 생김이 다름에도 내가 아내의 약을 먹기도 하고, 아내가 내 약을 먹기도 한다. 약통이 곤혹스러워한다.

생선조림은 따뜻해야 먹을 만하다. 보조주방에 있는 전자레인지에 덥힌다. 기계가 '윙'하며 돌아가는 1분 30초, 전자파를 피해 식탁에서 밥 한술 뜬다. 순간 생선조림의 존재를 까맣게 잊었다. 다음 날 아침 다른 음식을 데우기 위해 전자레인지 문을 열 때까지.

팔목을 다쳐 정형외과 가는 길, 오늘의 운전기사는 아내다. 나는 병원 입구에 내리고 아내는 먼저 집으로 돌아갈 예정이다. 운전석 앞 거치대에 내 핸드폰을 장착하고 내비게이션 앱의 도움을 받아 병원에 도착했다. 나를 내려 주고 아내는 잽싸게 집으로 돌아갔다, 내 핸드폰과 함께. 나는 핸드폰 없이 한나절을 보냈다.

주의력, 집중력의 저하도 예외가 아니다.

전자제품 리모컨은 모두에게 필수품이자 노약자에게 매력 있는 물건이다. 모양새가 비슷한 게 문제다. 리모컨으로 TV를 향해 누른다. 텔레비전은 꿈적하지 않고 에어컨이 반색한다. 비슷한 모양새의 다른 리모컨으로 재도전한다. 이번에는 안마의자가 들썩인다. 나이 탓인가, 제품 탓인가.

'용인 → 서울' 고속버스표를 인터넷에서 예매했다. 터미널에 도착하여 운전석 옆 검색기에 전자티켓을 당당하게 들이미니 '승차권을 다시 확인하십시오'라며 승차를 거부한다. 다시 해도 마찬가지다. 운전기사가 한마디 한다. "'서울 → 용인'을 예매하셨네요." 쓴 미소가 입안에서 바글거린다.

"출발합니다. 안전띠를 단단히 매 주세요."

"예, 꽁꽁 맸습니다."

승용차 안에서 아내와 나눈 대화다. 계기판에는 여전히 빨간 불이 반짝인다. 벨트를 매라는 경고다. 아내는 '맸어!'라고 눈을 흘긴다. 아내의 손은 어깨에 대각선으로 둘러멘 핸드백 끈을 단단히 움켜쥐고 있다. 두 손으로.

　노화는 불청객이다. 그러나 피할 수 없다. 담담히 받아들인다. 노화도 변화의 일부, 가볍게, 더디게 왔으면 좋겠다. 불청객이 빈번하게 나를 찾기 전에 나는 '내일이 아닌 오늘'을 충실하게 살고 싶다.
　60대에 '다음에 만나자' '다음에 하자'는 금기어다. 오늘 당장 아내에게 조조 영화를 보러 가자고 졸라봐야겠다.

나의 꿈 국어 선생님

부스스 눈 비비고 하루를 연다. 부엌 개수대에 설거짓거리가 쌓였다. 집안일은 눈에 보이는 즉시 해치우는 게 나의 가사 철학이다. 잽싸게 설거지를 끝내고 행주까지 쫙 펴서 말린다. 쌀과 잡곡을 채우고 전기밥솥 스위치를 누른다. 기계가 밥 짓는 동안 말미가 허락된다. 식탁에서 노트북을 열고 짧은 글을 쓴다. 퇴직 후 굳어진 아침 일상이다.

1월 중순의 아침 7시, 새침한 날씨 탓에 채 떠나지 못한 어둠이 베란다 밖에 웅크리고 있다. 30년도 훌쩍 넘은 오디오에서 이글스Eagles의 '호텔 캘리포니아Hotel California'

가 거실로 퍼진다. 내 귀에 익은 노래다. 46년 전, 1976년에 발표된 곡이다. 내가 고등학교 3학년 때다. 이른 아침 라디오에서 흘러나오는 노래 한 곡이 나의 어린 시절 꿈을 소환해 준다.

키는 껑충, 몸은 말라깽이였던 고등학교 시절 나의 꿈은 중학교 국어 선생님이었다. '성문 기본 영어'보다 '청소년 권장 도서 100권'을 읽는 것이 좋았고 수학 방정식 풀기보다 청록파의 글을 탐닉했다.

굳이 중학교 국어 선생님이 되고 싶었던 이유는 무엇이었을까. 문학을 이야기하기에는 초등학생은 아직 어리고, 고등학생은 이미 늦었다고 생각했을까. 그랬다. 아름다운 시어로 까까머리와 단발머리 중학생의 심장을 뛰게 하고 싶었다. 하지만 나는 중학교 국어 선생님이 되지 못했다. 꿈은 역시 꿈에 불과했다. 경영학과 병원행정학을 전공하고 사십여 년 병원에서 근무한 후 정년퇴직했다. 꿈에서 멀어도 한참 먼 곳에서 살았다.

그러나 국어 선생님이 되겠다던 꿈을 깡그리 잊고 살지는 않았다. 50대 중반, '외국어로서의 한국어학'을 전공하고 '한국어 교원 2급 자격증'을 취득했다. 국어 선생님이

못되었지만 외국인 학생을 대상으로 한국어 선생님이라도 해 보고 싶었다.

60대 중반 마지막 직장을 그만두고 기다렸다는 듯이 문화원, 평생교육원을 찾아다니며 글쓰기를 배운다. 비록 가르칠 기회는 놓쳤지만 배움의 기회까지 놓치고 싶지 않았다. 배움은 젊은 노년의 삶에 활기와 성취감을 줬다. 강의실에 발을 들여놓을 때마다 나의 심장이 46년 전의 청춘처럼 춤을 췄다.

추억에 잠긴 동안 영화 쉬리 주제곡 'When I dream'의 애잔한 음색이 거실의 어둠을 완전히 벗긴다.

'그래그래. 이루지 못한 꿈이지만 무의미한 것은 아니었어. 꿈꾼 것만으로도 행복했어.' 스스로 다독이고 박수를 보낸다. 소년과 노인의 얼굴에 미소가 넘친다.

차렷보다 짝다리

안방 옷장을 열면 와이셔츠 20벌이 날을 세운 채 나란히 걸려 있다. 모두가 흰색 긴팔이다. 같은 수의 넥타이도 가지런히 계란말이처럼 돌돌 말려 정돈되어 있다. 하나같이 규칙적인 무늬를 가진 디자인이다. 하얀색 긴팔 와이셔츠와 넥타이는 나의 상징이었다.

첫 직장은 S대학교 병원, 41년 8개월 근무하고 2018년 말 정년을 맞이했다. 두 번째 직장은 S의료원, 2년 2개월 일하고 2021년 12월 계약을 종료했다. 의료기관에서 44년 동안 근무하며, 나는 뜻하지 않게 인사 관련 업무를

20년 이상 담당했다.

'인사' 업무는 채용, 승진, 징계 등 다양하고 딱딱한 업무를 다룬다. 업무 대부분은 노동관계법, 관련 규정을 철저하게 준수하는 일이다. 인사 담당자도 제반 규칙을 타의 모범이 되도록 준수해야 한다. 말 한마디, 복장, 표정까지도 인사 담당자다워야 한다. 지각도 허용되지 않고 병가도 쉽게 허락되지 않는다. 부서 회식을 한 다음 날에도 보란 듯이 평소보다 일찍 출근한다. '나는 규정을 철처히 준수하는 원칙주의자'를 외치면서….

인사업무를 담당하는 동안 눈에는 매서움이 서리고 얼굴은 웃음을 잃었다. 어쩌면 웃음을 애써 참았는지도 모른다. 말 한마디도 허투루 내뱉지 않았다. 때로는 말하는 나도 알 수 없는 애매한 표현을 사용하고, 필요한 경우에는 반론의 여지가 없도록 매몰찬 어휘를 구사하기도 했다. 양보할 수도 있었지만 물러나지 않았다. 철저하게 업무가 요구하는 인사책임자로서의 차갑고 냉정한 경직성에 갇혀 살았다.

후배들이 나도 모르는 사이 접근하기 어려운 사람이라고 낙인찍었다. 저만치 복도 끝에 내 모습이 보이면 화장실로 일단 피신했다는 직원들의 이야기도 들었다. 뿐이랴. 선배들도 나를 껄끄러운 사람으로 인식했다.

직장에서의 모습이 가정으로도 이어졌다. 딸이 중학교 때 나에게 쓴 편지가 있다. '웃는 아빠, 가족과 오순도순 이야기하는 아빠가 보고 싶다'고 적었다. 나는 인사업무를 담당하는 동안 보였던 나의 정체성을 본연의 모습이라고 믿고 있었다. 한편으로는 내 위치를 즐기고 있었는지 모른다.

과연 나는 그런 사람일까? 어린 시절의 내가 기억하는 나는 과묵함과는 거리가 멀었다. 정반대였다. 말 많고 행동이 가벼운 철딱서니 없는 개구쟁이였다. 성인이 된 후, 직장에서 맡은 역할에 길들어 면도날처럼 날카롭고 얼음처럼 차갑게 살아왔다. 본연의 모습은 빙하 발치에 감춰두고 뾰쪽한 빙벽만 내보이고 살았던 것은 아닐까.

은퇴 후, 2022년 1월부터 글쓰기를 공부했다. 수필반 문우들 대부분은 나보다 나이가 많다. 내가 깍듯이 모셔야 할 90대도 있다. 근엄한 표정을 지어도 주눅들 사람은 주변에 더 이상 없다. 새로운 무대에 오르기 위해 43년간

썼던 페르소나의 가면을 벗어야 할 때가 된 것이다.

출근하지 않으니 흰 와이셔츠 다림질할 필요도 없고 어떤 양복을 입고 출근할까 걱정할 일도 없다. 추운 겨울 동안 두툼한 골프 바지 하나로 보낸다. 붕어빵 한 봉지 들고 길거리에서 게걸스럽게 먹어도 주변의 눈치를 보지 않는다. 까치머리에 비니모자 하나 덮어쓰고 슬리퍼를 끌며 아파트 단지에서 배회해도 지적할 사람은 아내 말고는 없다.

6월에 있을 전시회를 준비하는 아내, 재택 근무하는 아들과 수시로 집안 이곳저곳에서 얼굴을 맞대고 산다. 스칠 때마다 경박하게 한마디씩 내가 먼저 건넨다.

"사모님! 전시회 준비는 잘 되어갑니까?"

"아드님! 재택근무, 답답하지 않습니까?"

때로는 속옷 차림으로 아내 앞에서 7080 코미디언의 개다리 춤 흉내도 낸다. 아내는 그때마다 아들 재롱 보듯 고맙게도 웃어 준다.

나는 근엄함과 애당초 거리가 먼 사람이었다. 어색한 갑옷을 오래 입고 살아온 결과, 나의 심신이 굳어져 있었을 뿐이다. 다시 2남 2녀의 막내로 살고 싶다. 초등학교 때

마른버짐 피던 시절의 내 모습이 얼마나 편했던가.

　나는 '차렷' 자세보다 '짝다리 짚고 뒷짐 지기'가 어울리는 삐딱한 사람이다.

축제와 도시락

2007년 3월 24일 토요일. 대한의원 100주년 기념행사로 서울대학교병원 교직원의 한마음 축제가 열리는 날이었다. 1907년에 준공된 대한의원은 사적 248호로, 대한민국 최초의 근대 공립병원이었던 광혜원이 해체되면서 그 업무를 이관받은 서울대병원 내부에 있는 건물이다.

축제 장소는 올림픽공원 제2체육관 펜싱경기장이다. 참석 대상은 서울대학교병원 본원, 분원, 협력업체의 직원과 가족이다. 인기 가수 몇 명도 초대되어 흥을 돋울 것이다. 좀처럼 보기 힘든 병원장들의 장기자랑, 병원별 경연 등이 펼쳐지는 서울대병원 역사상 처음으로 열리는 전 직원 축제다. 기대감이 부풀어 오른 만큼, 사고 없이 마칠 수 있을까 하는 우려도 컸다.

축제 기획 단계에서 가장 큰 관심사는 경기장에 동원할 수 있는 인원수였다. 병원은 3교대 근무자가 많고 24시간 진료실에 불이 꺼지지 않는 업종의 특성이 있다. 행사 때마다 인력 동원이 쉽지 않았다. 집행부는 최소한 3,000명 이상은 참석할 수 있도록 준비하라는 주문이 있었다. 기념식, 축제 등 100주년 기념사업단 기획행정팀장을 맡은 나는 '최소한 4,000명 정도는 참석하겠지' 하는 확신이 있었다.

축제 날 아침 5시, 전날 예행연습으로 피곤한 눈을 비비며 창문 너머 날씨를 조심스레 살폈다. 가끔 기상청 일기예보가 빗나가는 때도 있는데 오늘은 아니었다. 짙은 어둠에도 빗줄기가 선명하다. 행사를 주관하는 모든 이들이 원하지 않았던 날씨다. 비가 오면 참석자가 줄어들게 분명했다. 행사를 위해 3개월 동안, 기대와 우려 속에 준비해왔는데 비 때문에 텅 빈 체육관 행사가 될 것 같아 아찔했다. 잔칫날 아침에 장대비를 바라보니, 병원 내외에서 축제 행사를 반대했던 사람들의 비웃음이 귓전에 들리는 듯했다.

9시 30분. 식전 행사까지 한 시간 남았다. 행사장은 홍보에 실패한 영화관 입구같이 휑하니 인적이 드물었다. 흥을 돋우기 위해 설치한 현수막은 비에 젖어 팡파르가 울리기도 전에 패잔병처럼 풀이 죽었다. 축제를 준비한 직원들은 축제 참석자가 지하철 출구에서 몰려나오기를 목을 빼고 있었다.

'지금이라도 점심 도시락 주문 숫자를 줄여야 할까?'

'산처럼 쌓은 경품은 다 어떡하지'

10시 정각. 30분 전의 걱정은 부질없는 기우가 되었다. 행사장을 한 바퀴 돌고 오니 예상치 못한 상황이 펼쳐졌다. 입장권을 받기 위한 줄이 길게 늘어섰다. 그 줄은 지하철이 한 번 도착할 때마다 길어졌다. 승용차 등 경품을 미끼로 참가 독려 홍보를 지나치게 했나 하는 후회를 하게 된 순간이었다.

10시 30분. 경품 번호가 인쇄된 입장권 4,000매가 완전히 소진되었다. 공식 행사는 11시, 입장 대기 줄은 짧아질 기미를 보이지 않았다. 참가자 사전 조사가 완전히 빗나가고 말았다. 입장권을 넉넉하게 준비하지 않은 행사 대행사를 원망할 겨를도 없었다. 100주년 사업단 직원, 홍보팀 직원, 차출된 진행요원 모두 임시 입장권을 수기로 만들어 배부했다. 예상을 넘는 참석자에 대한 사전 준비가 없었고, 행사장 내에는 컴퓨터를 사용할 수 있는 여건도 되지 못했다. 엄지, 검지에 멍이 들 때까지 5자리 숫자를 기록한 입장권 번호를 쉬지 않고 썼다. 참석자는 줄잡아 5,000명 정도인데 일부 직원들이 출입구를 옮겨가며 입장권을 두 장, 세 장 받아 가고 있었다. 6,000매까지 발행 후, '경품 추첨 고유번호가 인쇄된 입장권 교부'를 포기했다. 주최 측의 고통에 아랑곳없이 체육관 안에서는 축제의 열기가 넘쳐났다.

12시 30분 점심시간, 또 다른 대형 악재가 터졌다. 도시락 배분에서 실패한 것이다. 배식 개시 20여 분 만에 6,000개의 도시락과 3,000개의 어묵 세트가 순식간에 동나버렸다. 도시락 배부처에 남아 있는 도시락은 없는데

500여 명이 개선장군처럼 버티고 있다. 주최 측은 추가 도시락 200개를 공급한 게 전부였다. 식재료가 소진되어 할 수 있는 대책이 없었다. 결국 300여 명 축제 참가자가 점심을 굶은 대형 사고가 발생한 것이다. 한쪽에서는 포장지를 뜯지도 않은 도시락이 쌓여있고 다른 한쪽에서는 직원 자녀들이 배고프다고 아우성을 쳤다. 평생 받을 욕지거리를 하루에 받았다.

군대에서는 '작전에 실패한 지휘관은 용서받을 수 있지만 배식에 실패한 지휘관은 용서받을 수 없다'는 말이 있다. 축제는 대성공이었으나, 나는 용서 받을 수 없는 지휘관이 되고 말았다. 대한의원 100주년, 제중원 122주년을 맞이하여 개원 이래 처음으로 기획한 한마음 축제는 흠결에도 불구하고 직원들에게 소속 기관의 자긍심을 고취한 최고의 행사로 추억되고 있다.

오후 5시경, 행사를 마치고 뒷정리를 할 무렵 입사 4년차 직원의 어머니가 귀가하면서 축제 진행팀에 근무하고 있던 딸에게 전화를 걸어왔다.

"딸, 엄마가 점심은 못 먹었지만, 오늘만큼 배가 부른 날은 없었다. 서울대학교병원 직원들의 힘찬 함성과 환한 얼굴들, 그 속에 내 딸이 진행을 위해 뛰어다니는 모습을 보는 것만으로도 엄마는 행복했다"라는 통화 내용은 지금도 내 가슴에 각인돼 있다. 서재에 보관하고 있는 한마음 축제의 홍보 포스터를 꺼내 볼 때마다 그날의 고통과 기쁨이 교차한다.

축제 행사 후, 첫 근무일인 월요일 아침 8시. 나는 대한의원 회의실에서 각 병원장이 모인 회의에서 축제 결과를 보고했다. 나는 보고서 마지막 슬라이드에 아래와 같이 적었다.

"100년 후, 대한의원 200주년 축제에는 도시락 20,000개를 준비하겠습니다."

부치지 못한 편지

산수유가 아파트 여기저기에서 자태를 뽐내고 있습니다. 서재 앞 목련은 바쁜 사람 애간장만 태우고 꽃 소식은 없습니다. 피고 나면 서둘러 떠나면서 뜸만 오래 들이는 밀당 전문갑니다.

은퇴하면 그날부터 내 세상인 줄 알고 베짱이처럼 즐겁게 살고 싶었는데 무제한 허락된 시간은 아니었나 봅니다. 2023년 수필집 한 권 발간하고, 다음에는 당신의 추상화에 나의 수채화 같은 사진을 보태서 우리 부부의 그림·사진집을 내고 싶었습니다. 그러나 욕심이 지나쳤나 봅니다. 오늘따라 시계 분침이 초침보다 더 바삐 뜀박질합니다.

'첫사랑 끝사랑' 내 핸드폰에 저장된 당신 이름이지요. 당신에게 떨리는 손으로 편지를 씁니다.

'부부'라는 이름으로 함께해 줘서 고맙습니다. 스물여덟, 스물넷 우연인 듯 필연으로 만나 36년을 함께했습니다. 당신이 친정어머니가 주선한 조건 좋은 맞선자리 냅다 걷어차고 나의 반쪽이 된 이유를 지금도 알지 못합니다. 사랑을 머리로 하는 것이 아니라 가슴으로 하는 게 당신이었나 봅니다. 초라한 신당동 우리 집을 방문했을 때를 기억하는지요. 당신 손이 너무 고와서 "이 손으로 국 한 그릇이나 끓이겠니?"라고 걱정하시던 이모님의 말씀, 아직 생생한데 당신의 섬섬옥수纖纖玉手는 간데없고 손마디는 굵어지고 손등에는 잔주름만 지천입니다. 미안하고 고맙습니다.

결혼하던 해, 야간 대학에 진학한 나를 위한 당신의 서러운 노력을 기억합니다. 등록금이 부족할 때 친정어머니에게 쑥스러운 손을 내밀게 만들고, 직장 동료에게 이잣돈도 빌렸다고 들었습니다. 오그라진 손을 내밀고, 떨리는 목소리로 부탁했겠지요. 미안하고 감사합니다. 덕분에 하고 싶은 공부 마치고, 그것을 밑천으로 후배들이 부러워

하는 직장 생활을 할 수 있었습니다. 내 노력의 결과라고 생각했는데 모든 게 당신의 희생 덕분이었습니다.

딸, 아들 키우면서 쏟아부은 당신의 용감하고, 지극한 자식 사랑에 감사합니다. 지금도 사진첩에는, 놀기 좋아하던 둘째를 위해 당신이 만들었던 중학교 사회 과목 요약 노트가 있습니다. 교과서를 읽고 단원별 중요 사항을 당신이 요약했었지요. 엄마의 이름은 같지만 모든 어미가 그렇게 하지는 않았을 겁니다.

아들이 초등학생 때, 어학연수를 위해 2년간 캐나다로 떠난 일도 잊을 수 없습니다. 연고도 없는 캐나다에 ABC도 제대로 모르는 초등학교 4학년을 데리고 홀연히 떠났습니다. 마치 국내 지방학교로 전학을 가듯이 말입니다. 자식을 위해서는 두려움이 없는 엄마였습니다. 고생했습니다. 감사합니다.

막상 떠나려 하니 아쉬움만 들춰집니다. 모두 과거사가 되었지만, 가슴에는 어제의 일 같습니다.

당신의 대학원 진학 문제입니다. 당신 나이 마흔 갓 넘었을 때로 기억합니다. 장인 장모님은 딸 여섯 중 왜 당신이 아픈 손가락이었는지는 알 수 없지만, 당신에게 대학원 진학을 권유한 일이 있었습니다. 중학생, 고등학생을 키우는 엄마로서 당신은 꽤 긴 시간을 고민했었지요. 그때 나는 당신의 대학원 진학을 독려하지 못했습니다. 이기적이었음을 고백합니다. 그때 공부를 마쳤더라면 50대 후반에 코피를 화폭에 쏟으며 애쓰는 일은 없었을 것을…. 미안하고 또 미안합니다.

한 가지 더 있습니다. 2021년, 당신이 대학원을 졸업하고, 그림을 자유롭게 그릴 수 있도록 화실을 마련하고 싶어 했습니다. 거실에 캔버스로 넘쳐나고, 물감이 내뿜는 고약한 냄새가 집안에 채워지는 것이 부담스러웠을 겁니다. 그 바람을 알면서도 외면했습니다. 소리 없이 바짝 다가온 나의 마지막 내일도 모르면서 이십 년 후 우리가 어떻게 살아갈지 주제넘게 걱정했습니다. 미안합니다.

부모님이 주신 이름으로 28년, 당신과 함께 '부부'라는 이름으로 36년을 살았습니다. 더도 말고, 어제와 같은 오늘이 내일까지 이어지기를 바랐는데 지나친 욕심이었나 봅니다. 오늘까지 이어진 인연으로 감사합니다. 나는 곧 떠나지만, 당신은 좀 더 이곳에 계시다가 오세요. 손자, 손녀 응석도 받아보고 자식들과도 친구처럼 놀다가 오셔야지요. 나는 먼저 가서 해야 할 일이 있습니다. 야트막한 야산 위에 당신이 갖고 싶어 했던 넓은 중정과 2층에 테라스 딸린 집을 지으렵니다. 별채에는 널찍하고 환기 잘 되는 화실을 따로 준비해 두겠습니다. 이승에서 다하지 못한 아쉬움을 맘껏 화폭에 담아내기를 바랍니다. 이제 팔에 힘이 빠져서 글쓰기조차 힘에 부칩니다.

'……'

긴 세월 길동무가 돼줘서 고맙습니다.

— 저자 주 : '부치지 못한 편지'는 평생교육원에서 수업 과제로 작성된 글임을 알려드립니다.

정년 퇴임

간신히 마음을 가라앉혀 봅니다.

어제 만났던 햇살이 거실 깊숙이 다시 찾아왔습니다.
같은 일상인데 오늘은 왜 안절부절못할까요.
한 해의 마지막 날이기 때문만은 아닐 것입니다.
숱한 세월 처음 느끼는 묘한 감성입니다.
41년 근무한 직장과 이별하는 날이기 때문입니다.

인생의 황금기를 연건동 28번지에서 보냈습니다.
집사람을 만난 곳도

다하지 못한 공부를 마친 곳도
딸과 아들이 태어난 곳도
아버지와 어머니를 영원히 보내 드린 곳도
서울대학교병원에서였습니다.

내일부터는 그곳을 떠나야만 합니다.
정년퇴직이 야속하냐고요.
아닙니다. 모든 게 감사할 뿐입니다.
열심히 일해 봤고
신나게 놀아 보았습니다.
서울대병원의 울타리 안에 살아온 덕분이었습니다.
항상 즐거웠냐고요.
아닙니다. 아픈 추억도 있습니다.
그러나 쓰라림도 인생의 여정을 다채롭게 만드는 하나의
요소였습니다.

오늘,
서울대병원의 울타리를 벗어나 자연인으로 돌아갑니다.

『정년 퇴임하는 날 아침』

글을 쓰는 사이 햇살이 거실 깊숙이 들이칩니다. 커피도 식어 갑니다. 김빠진 향을 음미하며 심란한 마음을 가라앉혀 봅니다. 라디오에서 신나는 음악이 흘러나옵니다.

"~~Bravo, Bravo my life~~찬란한 우리의 미래를 위해" 나를 위해 신청한 곡 같습니다. 고맙습니다. 긴 세월 함께해 준 동료, 무조건 따라 준 후배. 그리고 좋은 길로 인도해 준 퇴직한 선배님. 감사합니다.

33년 동안 가정을 지켜 준 아내. 무한한 감사를 전합니다.

영어야 떠나거라

외국인 특히 영어권 사람을 만나면 주눅부터 든다. 어쩌다 길거리에서 서양인 비슷한 사람이 나타나면 얼굴을 돌리거나 고개부터 숙였다. 그 사람은 말을 걸어오지도 않는데 지레 시선에서 벗어나고 싶었다. 한국 사람이 영어를 하지 못하는 게 죄도 부끄러운 일도 아닌데 베이비붐 세대인 나는 영어의 공포 속에서 평생을 보냈다. 그야말로 영어 포비아phobia였다.

영어가 인생의 방해꾼으로 등장한 것은 서른 살 때부터다. 내가 근무하던 직장에서 관리자가 되려면 반드시 세 과목의 필기시험을 통과해야만 했다. 과목별 40점, 세 과목 평균 60점을 넘지 못하면 면접시험장 근처에 얼씬도 할 수 없었다. 영어는 모든 동료들이 기피하고 싶은 과목 1순위였다. 나도 마찬가지였다. 나는 중학교 때부터 영어와 원만한 관계를 유지하기 위하여 노력했지만, 친구가 되지 못하고 불편한 사이로 지냈다. 몇몇 직장 동료들은 영어와 불화로 관리자가 되지 못하고 평직원으로 정년을 맞기도 했다. 나는 서른 살 때부터 관리자 시험 통과를 위해 영어 참고서 – 삼위일체, 맨투맨을 필두로 성문기본영어, 교육 방송 영어강좌를 읽고 들었다. 중학교 3학년용 '완전정복' 문제집은 한때 나의 절친이 되기도 했다. 다행히 첫 번째 도전에서 영어는 나에게 후한 점수를 줬다. 걸림돌을 어렵지 않게 넘고 관리자가 될 수 있었다. 내 나이 33세 때 일이다.

해외 연수 또한 영어의 사전 윤허允許가 필요했다. 연수를 가려면 일정 점수 이상의 토익 성적표를 제출해야 한다. 베이비붐 세대인 나에게는 토익이 익숙하지 않다. '읽기 영역'은 30대 때 경험이 있어 원만한 관계를 유지할 수 있었지만, '듣기 영역'은 새롭게 만나는 까탈스러운 캐릭터라 극복하기 힘든 장벽이었다. 그러나 운 좋게 2개월간 미국 연수를 다녀왔다. 내 나이 마흔한 살 때 일이다.

영어와 마지막 갈등은 해외 파견근무 때 극에 달했다. 근무하던 S 병원이 아랍에미리트 왕립병원의 위탁운영 기관으로 선정됐다. 대한민국 의료계의 첫 사례였다. 나는 자의 반 타의 반으로 두바이에서 한 시간 거리에 있는 파견병원에서 인사책임자로 3년 7개월을 근무했다. 아랍에미리트에서 지금까지 경험하지 못했던 또 다른 영어가 나를 벼르고 있었다. 병원에는 팔백여 명의 직원이 있었는데, 국적이 30개국이 넘었다. 영어를 공용어로 회의하면 출신 국가에 따라 발음, 억양이 천차만별이었다. 영어를 하는지 스페인어로 말하고 있는지 헷갈릴 때도 많았다. 특히 인도인의 영어 발음은 예술적이다. 인도식 영어 발음을 알아듣는다면, 영어 공부의 끝이라던 말에 동감한다. 파견근무 동안, 주말마다 영국인 강사로부터 개인 교섭을 받았다. 그것도 모자라 파견 이듬해, 연차휴가를 몽땅 소진하며 필리핀으로 3주간 어학연수를 다녀오기도 했다. 이런저런 노력에도 불구하고 영어는 나와 절친이 되어 주지 않았다. 그때 내 나이 오십 대 후반이었다.

영어와 불편한 동거에도 불구하고 첫 직장에서 정년까지 버티고 퇴직했다. 퇴직과 동시에 영어와 깨끗이 이별할 때가 온 것이다. 더 이상 영어와 원만한 관계를 유지하기 위해 까탈스러운 그녀의 비위를 맞추며 살아야 할 이유가 없어졌다. 혹시 해외여행을 가게 되면 가이드의 도움을 받으면 될 것이고 필요할 경우 서바이벌 영어 정도는 해 낼 수 있기 때문이다.

2018년 말, 퇴직 후 영어와 이별 여행을 떠났다. 목적지는 토익 응시였다. 2019년 5월, 토익 성적 800점을 받아들고 선언했다.

'영어야, 우리 오늘부터 졸혼이다. 너도 나 만나서 고생했다. 이제 내 곁을 조용히 떠나거라' 내 나이 예순한 살 때 이야기다.

집 나간 붕어 한 마리

두 번째 직장에서 풀려난 지 칠 일 차, 은퇴 후 첫 금요일이다.

정수기 점검원이 다녀가니 오후 세 시다. 집 밖 기온 영상 3도. 일월 초 날씨로는 야외 활동하기 딱 좋은 날씨다. 겨울 햇살 핑계 삼아 비니모자 눌러쓰고 자주 걷던 산책로를 따라 나들이를 나선다.

방배역, 사당역, 이수역을 지나 내방역에 다다르니 역으로부터 몇 걸음 떨어진 후미진 곳에 이름도 없는 허름한 붕어빵 가게가 있다. 몇 번 눈여겨봐 둔 곳이다. 언제 한 번쯤은 들러 보고 싶어 찜해 둔 곳.

언제나 그랬듯이 줄을 서야 했다. 이십여 분은 족히 기다렸을 것 같다. 외국에 거주 중인 딸을 제외하면 우리 식구는 3명, 한 사람당 두 마리씩, 모두 여섯 마리를 삼천 원 헐값에 후딱 샀다. 따끈따끈한 붕어 여섯 놈이 든 종이봉투를 받아 드니 초등학생이 '참 잘했어요' 칭찬 도장을 받은 듯 기쁘다. 손바닥에 붕어의 뜨거운 입김이 진하게 전해 온다.

'아, 낮에 이런 것도 할 수 있구나!' 은퇴자의 특권에 새삼 감사하다.

빨리 집으로 가야지. 신나게 종종걸음을 재촉하는데 봉지 귀퉁이로 덩치 큰 붕어 한 놈이 삐죽이 입을 내민다.

'종이집 안에 산소가 부족한가?'

'여섯 놈이 뒤엉켜 살기에는 공간이 너무 좁은가?'

그네들의 사연을 면밀하게 살피기도 전에 붕어 입에서 내뿜는 팥의 유혹적 냄새가 나의 후각을 사정없이 후빈다.

'에라 모르겠다'

이미 은퇴한 자유의 몸인데 지나가는 사람의 눈치를 볼

이유도 없다. 잰걸음보다 빠르게 후딱 한 놈 해치운다. 붕어가 내어 뿜는 열기는 화로 숯불 같다. 하마터면 입천장이 다 까질 뻔했다.

행복은 찾는 사람에 따라 색깔도, 형태도 다를 것이다.

2022년 첫 번째 금요일. 두 번째 직장을 그만둔 지 7일 차.

은빛 동전 한 닢, 오백 원으로도 얻을 수 있는 행복이 있음을 알았다. 피식 웃음이 난다. 남은 붕어빵이 식기 전에 걸음을 재촉한다. '대한이 놀러 왔다가 얼어 죽었다는 소한' 다음날 방배동의 햇살이 정겹다.

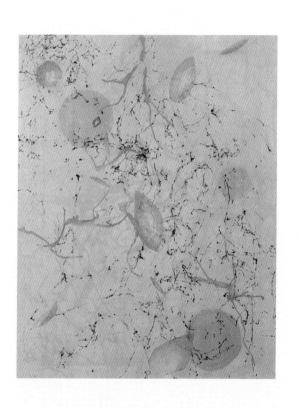

제4부

은퇴 365일 행복을 만나다

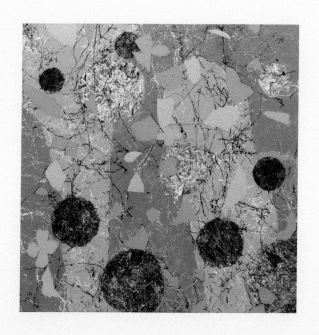

은퇴는 시점만 다를 뿐 피할 수 없는 인생의 여정이다. 기다리든, 두려워하든 은퇴는 찾아온다. 은퇴를 기다림으로 만날 수 있다면 행복한 인생이다.

4부는 은퇴 생활을 소재로 쓴 15편이다. 전원주택으로 이사, 좋아하는 놀이 배우기, 여행에 관한 은퇴자의 생활 수기다.

서울이여 안녕

'안녕, 안녕 서울이여 안녕'

1968년에 발표된 국민가수 이미자의 노래 「서울이여 안녕」 첫 구절이다. 55년 전에 들었던 노랫말이 입가에 맴도는 이유는 무엇일까. 2022년 11월 하순, 우리 부부는 서울을 떠나 용인으로 거처를 옮기기 때문이다.

결혼 후 16번째 이사다. 50세가 될 때까지는 한 곳에서 2년 넘게 살지 못하고 집을 옮겼다. '아파트의 덩치'를 키우기 위해서, 때로는 자녀 교육 때문이었다. 그러나 아이들이 성인이 된 후로는 이사 횟수가 부쩍 줄었다. 이사 자체가 번거롭기도 하지만 나이 탓도 있었을 것이다. 손가락을 꼽아 보니 방배동에서 30년을 살았다. 유년 시절 고향에서 보낸 기간과 비교가 안 될 만큼 오래 버텼다. 그런데 서울을 떠난다고 생각하니 새로운 터전에 대한 기대보다 낯익은 곳을 등지는 이별의 아쉬움이 더 크다.

나는 1977년 고등학교 졸업하던 해 2월, 부산에서 서울로 거처를 옮겼다. 친구들은 대학 진학을 위해서, 나는 취업을 위한 상경이었다. 45년 전 일이다.

대한민국 수도에서 반세기를 보냈으니 나름 성공한 인생이다. 첫 직장에서 정년퇴직까지 했다. 그사이 결혼하여 딸과 아들이 태어나고 아버지와 어머니가 먼 곳으로 떠나셨다. 육십사 년 살아오는 동안, 내 인생의 대부분을 보낸 무대는 서울이었다. 그러나 이제는 떠난다. '승용차 운전을 할 수 없을 나이가 되면 방배동으로 돌아오겠다'라고 위로하지만 '아쉬움이 서 말[斗]', 긴 한숨으로 나온다.

이사 전까지 서울 생활은 삼 개월 남았다. 낯익은 사람들과 이별을 준비해야 한다. 김밥집 아주머니, 떡집 아저씨, 반찬가게 새댁, 문구점 사장님 내외, 좁은 공간에서 성경을 열심히 읽던 구두 수선 아저씨, 2대를 이어 거래해

온 부동산 중개사 모두가 그리울 것이다.

서울의 고품격 생활 인프라에서도 멀어져 간다. 고궁, 박물관, 한강 둔치, 우면산 소망탑, 예술의 전당 분수대, 나만의 10,000보 산책길, 평생교육원, 문화원이 반나절 나들이에서, 이사를 하면 만만치 않은 하루 일정이 될 것이다.

친구들과의 만남도 쉽지 않을 것이다. 사당역, 양재역, 강남역은 수도권 거주자들에게 만남의 명소 일번지다. 방배역은 어느 곳이든 20분이면 충분히 도착하고도 시간이 남는다. 머지않아 남의 이야기가 될 것이다.

용인으로 이사하면, 해외에 있는 친지의 서울 임시 숙소 기능도 포기해야 한다. 아내의 자매 중 두 사람은 외국에 사는데 한국에 올 때마다 우리 집에서 며칠씩 묵어가는 게 관례였다. 앞으로는 불가능할 것이다. 용인은 방배동에 비해 에어비앤비Airbnb 선호도에서 확연히 떨어진다. 아쉽다.

십삼 년을 살아 온 방배동 아파트에서 많은 일이 있었다. 나는 직장에서 최고위 직급까지 올랐고 해외 파견 근무까지 경험한 후 정년을 맞이했다. 아내는 50대 중반에 대학원을 마치고 아마추어 화가로 데뷔하여 개인전을 일곱 번이나 열었다. 딸, 아들의 대학교 입학과 졸업의 역사가 이뤄졌다. 우리 가족에게 안식과 성장을 준 곳이다. 추억의 장소를 남겨두고 몸만 빠져나가니 애달프기도 하다.

그러나 잃는 것이 있으면 얻는 것도 있을 것이다. 흙을 밟으며 살고 싶다는 것은 우리 부부의 버킷리스트 중 하나였다. 이제 흙뿐 아니라 벌레까지 친구로 삼으며 더불어 살아야 할 것 같다. 이명耳鳴으로 아파트 생활을 싫어하는 아내는 좀 더 편안하게 잠을 청할 수 있을 것이다.

한편 아내의 그림 십여 점, 타운하우스 앞마당에 펼쳐놓고 조촐한 전시회도 열 수 있을 것이다. 휴양림에서 멍 때리기를 좋아하는 우리 부부는 일상생활에서 자연으로부터 쾌락을 얻을 수 있을 것이다. 이뿐이겠는가. 우리가 알지 못하는 즐거움이 널려 있을지.

그런데도 문득 '간다. 간다. 나는 간다. 너를 두고 나는 간다…' 어느 애국자의 시구가 스치는 것은 익숙함과 이별이 두렵기 때문일까. 아니면 서울과 너무 깊은 정이 들었다는 증표일까.

은퇴 2개월 배움은 즐겁다

2022년 2월 마지막 날. 거실문을 열어젖혀도 좋을 만큼 날씨가 따뜻하다. 아내는 산책 후 현관에 들어서며 외투 때문에 땀이 났다고 투덜댄다.

은퇴 후 2개월이 지났다. 출근하지 않아도 시간은 빠르게 지나간다. 내 인생에 퇴직은 두 번이었다. 2018년 말 정년퇴직과 2021년 말 계약만료다. 각각 다른 직장에서 맞이한 퇴직이지만 둘 사이에는 차이가 있다. 첫 번째 퇴직은 새로운 직장을 찾아야 한다는 외부 압력과 부담감이 있었다.

그뿐만 아니라 퇴직과 동시에 연금 수령 나이가 되지 않아 소득 크레바스를 피할 수 없다. 경제적 문제로 아내와 갈등도 있었다. 이에 비해 두 번째 퇴직 때는 재취업을 해야 한다는 부담이 없었다. 당연히 조바심도 두려움도 없었다. 은퇴한 다음달부터 지급되는 연금으로 가계 꾸리기도 한층 여유가 있다. 첫 퇴직 때는 어정쩡한 여름 한철 베짱이였다면 지금은 당당한 사계절 베짱이가 되어간다.

퇴직 후 생활에서도 습관은 변하지 않았다. 일찍 일어나기, 운동하기, 무엇이든 배우기이다. 얼리 버드early bird를 예찬하는 것은 아니다. 일찍 일어나면 하루에 선택할 수 있는 일이 다양해서 좋다. 이른 아침은 나만의 시간이다. 주변의 방해 없이 원하는 일에 집중할 수 있는 최적의 시간이기도 하다. 무리한 운동은 하지 않는다. 걷기는 60대의 근육을 유지할 수 있는 최적의 운동이다. 아파트~사당역~총신대역~이수교~내방역~방배역 코스를 빠르게 때로는 천천히 걸으면 2시간이다. 평소 보지 못했던 한낮에 이웃의 삶을 들여다보는 재미는 덤이다.

은퇴 후 두 달이 지났으나 퇴직 첫날 느꼈던 쾌감은 크게 달라지지 않았다. 마음은 편안하고 몸은 즐겁다. 가끔 '더 이상의 행복도 싫으니 오늘 같은 시간이 계속되게 해

주십시오'를 읊조리곤 한다.

배움은 퇴직으로 맛본 편안함에 행복을 더해 줬다.

첫 도전은 '불교 입문 교육과정'이었다. 퇴직 후 신앙을 갖자고 우리 부부는 일찍이 의견 일치를 봤다. 지난해 12월부터 시작한 3개월 교육과정을 마치고 2월 말, 아내와 함께 조계사에서 수계를 받았다. 짧은 과정이었지만 불교에 대한 두려움을 떨쳐내고 나니, 일주문을 지날 때 발걸음이 조금은 가벼워졌다.

두 번째 도전은 '수필 창작과 감상' 과정이었다. 글쓰기는 내게 숨은 보물찾기와 같다. 잘할 수 있는 일인지는 두고 봐야겠지만, 좋아하는 일을 하나 더 찾아 신났다. 수업은 80세가 넘은 전직 대학교수가 담당한다. 9년 동안 세속 등록하는 유급 전문 학생도 있고 95세 만학도도 있다. 경이로운 세상이 가까운 곳에 열려 있었다. 다양한 문우들의 글 속에서 타인의 삶을 엿보는 것도 별미다.

세 번째는 '사진 취미 과정'이다. 퇴직 전 1년 동안 급여의 상당 부분을 카메라 장비를 사는데 지출했다. 대부분 중고품으로 장만했지만, 아직도 필요한 품목들이 더 남아 있다. 학원에서 젊은이들과 뒤섞여 찰칵, 철컥 카메라 셔터의 소음을 들으며 보내는 시간이 즐겁다. 배움이 깊어지면 보이지 않는 피사체를 렌즈에 담고, 수채화와 같은 사진을 그려 낼 수 있을 것이다. 사진 몇 점을 아내의 전시회 한편에 걸 수 있는 날이 오기를 기대한다.

배움은 60대에게 활력과 삶의 충만을 준다. 은퇴자의 배움에는 3가지 조건이 있다. '좋아하는 일', '그나마 잘하는 일', '가치 있는 일'을 선택하면 된다. 실천은 각자의 몫이다. 내일은 2022년 3월의 첫날이다. 배움을 위해 손품과 발품을 분주히 팔아야겠다.

꿈속에서 28일간 남미 여행

퇴직 후 6개월이 지나가고 있다. 많은 변화가 있었다. 아침 기상 시간이 늦어지고 텔레비전 앞에서 보내는 시간이 길어졌다. 나는 여행 관련 방송을 즐겨 본다. 여유 시간이 많으니 사연스러운 현상이다.

토요일 아침, 간단한 식사 후 소파에 앉아 KBS '걸어서 세계 속으로'를 본다. 나의 최애 프로그램 중 하나다. 오늘은 남미 에콰도르 편이다. 볼수록 신기하고 새롭다. 화면 속으로 빨려들다가 나도 모르게 스르르 두 눈이 감긴다. 지난밤 수면이 부족했나 보다. 애꿎은 TV만 혼자 열심이고, 나는 꿈속에서 28일간 남미로 여행을 떠난다.

인천국제공항의 대형 시계가 2023년 12월 12일 12시를 가리킨다. 26명으로 구성된 단체 여행팀에 나와 초등학교 동기 세 명이 섞여 있다. 이름하여 '우아한 시니어의 28일간 남미 여행.' 팀의 평균 연령 65세, 모두가 긴장한 얼굴이다. 여행은 '다리가 떨릴 때 하지 말고, 심장이 떨릴 때 떠나라'고 했던 선배들의 금언金言을 나는 실천하는 중이다.

오랫동안 꿈꾸던 버킷리스트 중 하나를 오늘 지운다. 여행에 대한 나의 버킷리스트는 세 가지였다. 첫 번째는 에펠탑을 내려다보면서 식사를 할 수 있는 몽파르나스 타워 56층 레스토랑[Ceil De Paris]에서 아내와 식사하기. 이 꿈은 2017년에 이뤘다. 그때 성취감은 지금도 내 가슴을 쾅쾅 두드린다. 두 번째는 뉴질랜드 남섬, 북섬을 4주간 캠핑 차량으로 아내와 여행하기였다. 아랍에미리트에 근무할 때 몇 번 계획을 세웠지만 실행하지 못했다. 실망하지는 않는다. 모든 꿈이 이루어진다면 그것은 애당초 꿈이 아니었을 것이다. 마지막 하나는 남미 여행. 이것은 나 혼자의 버킷리스트다. 아내는 해외 유명 갤러리를 꼼꼼히 둘러보거나, 외국인의 실생활을 엿볼 수 있는 좁은 뒷골목 순례를 좋아한다. 남미같이 상상을 뛰어넘는 거대한 자연은 인간을 압도하는 것 같아서 싫다며 아내는 일찌감치 포기했다.

남미 여행은 2022년 1월, 두 번째 직장을 그만두고 바로 떠날 요량이었다. 그러나 코로나 때문에 계획보다 많이 늦어졌다. 만만치 않은 일정으로, 부푼 기대감 언저리에 불안감마저 도사리고 있다. 우리의 여정은 인천~페루~볼리비아~칠레~아르헨티나~브라질~인천이다. 남미에서 9번이나 비행기를 타고, 내려야 한다. 총이동 거리는 아마도 서울에서 토론토까지 두 번 왕복하는 거리는 되지 않을까. 안전과 건강에 대한 우려는 잠시, 기대감에 내 가슴은 공항에서부터 용광로처럼 타오른다.

마추픽추와 폼페이, 누가 더 행복하게 살았을까.

우유니 사막과 인터라켄. 누가 더 많은 별을 품고 살까.

이구아수와 나이아가라 폭포. 누구의 물보라가 더 높이 올라갈까.

여행은 아는 만큼 보인다고 했다. 우아한 여행을 위해 나와 친구들은 남미 역사 공부를 함께 했다. 방문 국가별로 사람을 지정하여 공부하고, 친구들에게 강의했다. 덕분에 마야, 아스텍, 잉카의 문화와 아프리카에서 팔려 온 가슴 아픈 노예의 역사도 알게 되었다.

건강 또한 걱정이다. 초등학교 동기 3명은 65세 전후다. 우리는 지난 3개월 동안 체력 강화를 위해 특별한 과정을 거쳤다. 주중에는 개별적으로 하루에 일만 오천 보를 걸은 후 인증사진을 단톡방에 올렸다. 1주일에 3일 이상 이행하지 않으면 벌금을 부과했다. 토요일은 함께 모여 서울 둘레길을 최소 4시간을 걸었다. 그래서인지 얼굴에도 근육이 붙었다.

탑승 수속을 기다리며 두런두런 이야기를 나누다 보니 시장기가 돈다. 금강산도 식후경. 간단한 요기를 위해 출국장 옆 레스토랑을 들렀다. 구석 자리에 터를 잡고 조잘대는 친구들의 수다를 듣다 보니 졸음이 온다.

"여보, 방에 들어가서 편히 주무세요!"

아내의 목소리가 귓전을 때렸다. 깜짝 놀라 눈을 뜨니 거실 텔레비전은 '걸어서 세계 속으로' 엔딩 크레딧ending credit을 힘겹게 올리고 있다.

"여보, 오늘이 며칠이지?"

"2022년 6월 11일, 토요일."

꿈속에서 남미 여행은 인천 공항에서 출발도 하지 못하고 깨져버렸다. 그러나 나의 꿈은 꿈으로 끝나지 않기를 기도한다.

당구야 놀자 친구야 놀자

　며칠 전 대학 동문 두 명과 늦은 점심을 했다. 한 명은 59년생 돼지띠, 나머지 둘은 58년 개띠다. 세 사람의 직업은 달랐지만, 20대 후반에 같은 대학에 입학한 만학도였다. 현재는 셋 다 은퇴자라는 공통점도 있다. 점심 피크 타임을 비껴간 오후 한 시경의 만남은 식당 주인의 눈총을 피해 여유 있게 반주 한두 잔 하기 딱 좋은 시간이었다.

　거나한 식사 후 58년생 한 명이 당구를 치자고 제안했다. 그는 볼링, 당구의 고수다. 나는 당구와 인연이 없는 사람이었기 때문에 탁구를 하자며 어깃장을 났다. 기세에 눌린 두 친구는 투덜거리며 탁구장으로 향했다. 탁구는 나의 무대였다. 그런데 탁구가 끝나자 그들은 다시 내 팔을 당구장으로 끌었다. 그로부터 나는 두 시간 투명 인간이 되었다. 당구장 한쪽 구석에 우두커니 앉아 두 친구의 점수를 더하거나 빼는 존재감 없는 주변인周邊人이 되고 말았다. 당구가 끝나고 집으로 돌아오는 길 내내 놀이에 끼지 못했던 소외감은 친구를 만난 기쁨을 상쇄시키고도 남았다. 알 수 없는 부아가 배 아래서부터 치밀어 올랐다.

20대 때, 당구를 접해볼 기회도 없었고 배울 의지도 없었다. 잠시 자투리 시간이 있었던 61세에 며칠 배우다 탁구 때문에 그만두었다. 나는 왜 이십 대에 친구들이 즐기던 당구를 배우지 않았을까, 후회된다. 당구장을 배경으로 하는 폭력, 탈선 영화를 너무 많이 본 탓이었을까.

내 기억 속의 당구장은 침침한 조명 아래 담배 연기 자욱하고 분필 가루가 뿌옇게 날리는 곳. 엉겨 붙은 짜장면 먹으면서 늦은 밤까지 시간을 죽이는 폐쇄된 공간. 게다가 술이 거나해진 아저씨들의 음담패설이 넘쳐나는 사건 사고의 진원지였다. 여러모로 건전한 여가를 보내는 장소와 거리가 먼 곳이었다. 이런저런 이유로 회피했던 당구가 이제 내게 앙갚음하고 있다. 다시 당구장으로 발걸음을 들여놓아야 하는 것일까. 깊은 고민에 빠진다.

몇 년 전부터 여기저기서 당구 예찬론이 퍼지고 있다. 내가 알고 있었던 당구가 개과천선한 것일까.

나는 평소 TV로 여행과 스포츠 프로그램 시청을 좋아한다. 채널을 이곳저곳 돌리면 당구 방송을 쉽게 볼 수 있다. 화면에 보이는 당구장은 기억 속의 장소와는 사뭇 다르다. 세련된 분위기, 밝은 조명, 그리고 품격이 넘치는 선수들이 진지하게 게임에 집중한다. 자주 시청하다 보니 은퇴 후 복귀한 두 아이의 엄마이자 당구 여제 '차우람'이라는 이름도 알게 되었고, 한국 남성과 결혼한 후 늦깎이로 당구를 배워 챔피언에 오른 캄보디아 출신 '스롱 피아비' 선수의 인생 승리도 알게 되었다. 머지않아 당구는 올림픽 종목이 될 것이라는 보도까지 들려온다. 시간의 흐름에 따라 건전한 스포츠로 변하고 있음을 실감한다.

당구는 내가 알고 있던 뒷골목 불량 문화가 아니었다.

1912년 매일신보 기사에 따르면 순종(1874~1926)이 창덕궁 인정전 동행각에 황실의 당구장을 만들고 대신들과 게임을 즐겼으며, 부인 순정효황후와 함께 당구를 쳤다고 한다. 국립고궁박물관에는 당시 대리석 당구대로 추정되는 일부분과 당구 점수대, 당구장을 꾸몄던 병풍이 유물로 남아 있다. 내 기억 속 어두운 기억과 달리 당구는 고급 사교 스포츠였다.

애호가들의 당구 예찬론은 끝이 없다.

우선 모든 연령층이 즐길 수 있지만 '저강도 운동'이란 점에서 시니어에게 최적이다. 당구대 한 바퀴는 10미터 정도다. 한 시간 당구를 치고 나면 보통 2킬로미터 이상 걷게 되고, 앉았다 일어섰다가를 반복해야 한다. 허리를 곧추세우고 당구대 위를 수없이 엎드려 평소 사용하지 않던 근육을 쓰게 만든다. 저강도이지만 신체적 운동량은 만만치 않다.

그럴 뿐만 아니라 상당한 집중력을 요구한다. 수구(큐대로 치는 공)의 방점(큐대와 수구가 만나는 지점)과 속도에 따라 당구공이 가는 길은 변화무쌍하게 달라진다. 입사각과 반사각을 잘 못 예측하면 점수를 얻기도 전에 잃기부터 한다. 집중력을 키우는 일은 노년의 정신건강에 도움이 된다는 것은 굳이 의학적 논거를 들지 않아도 될 듯하다.

또한 접근 용이성도 빼놓을 수 없는 당구의 장점이다.

예약하기도 어렵고 많은 준비물이 필요한 골프에 비해 당구는 '번개팅'도 가능하고 4명 1조가 아니어도 문제 될 게 없다. 아무런 준비물 없이 혼자서도 즐길 수 있다. 시간, 장소, 인원, 비용 면에서 부담이 없어 좋다. 연금으로 생활하는 은퇴자에게는 필요·충분 요건을 두루 갖춘 안성맞춤 놀이 문화다.

스스로 외면했던 당구, 기억의 오류를 벗어던지고 이제 다가갈 때인가 보다.

친구들과 만남에서 소외감으로 흠뻑 젖었던 이틀 뒤, 방배역 근처 당구장 몇 곳을 인터넷으로 검색하고 마음에 드는 한 곳을 직접 방문했다.

"나도 친구들과 당구 놀이하게 해 주십시오."

70대 주인장은 애제자를 만난 듯 기뻐한다. 개인 강습이 시작된 것이다. 첫날 수업 후, 당구장 전용 장갑 한 쪽과 큐대를 집으로 빌려 왔다. 우리 집 식탁이 당구대로 변신하는 것은 순식간이었다.

큐대를 잡고 식탁에 엎드린 나를 보고 아내가 응원을 보낸다.

"자세 좋고! 연습 끝나면 식탁은 깨끗이 닦아 놓으세요."

재택근무 중인 아들은 농담조로 비아냥거린다.

"아들에게 당구 금지령을 내리시고, 아버지는 뭐 하십니까?"

지금 나에게는 과거에 가보지 못한 길을 아쉬워하기보다, 내일을 위한 도전이 필요할 때다. 당구장에는 친구가 있고 건강이 있고 웃음이 있다.

"당구야 놀자, 친구야 놀자"

걸음마 베짱이

정년이 가까워지면 퇴직 후 많은 시간을 어떻게 보낼 것인지 여러 사람으로부터 질문을 받는다. 답변의 형태는 두 부류로 나뉜다. 하고 싶은 일을 미리 정해 놓고 퇴직을 손꼽아 기다린다고 열변을 토하는 사람, 은퇴하면 남는 것이 시간이니 천천히 생각해 보겠다며 미지근하게 응대하는 사람이다.

2022년 2월, 은퇴한 지 한 달이 지났다. 많은 변화가 있었다. 허둥지둥 아침 때우고 흰 와이셔츠에 넥타이를 옭매고 뛰쳐나가지 않아도 된다. 같은 시간, 식탁에 앉아 책을 읽거나 짧은 일기를 쓴다. 마음만 내면 시간에 구애받지 않고 집 근처 인도어에서 죄 없는 골프공을 사정없이 두들겨도 된다. 별유천지비인간別有天地非人間, 상상 속의 삶이 마침내 현실이 되었다.

화요일 오후, '룰루랄라' 노래부르며, 아들이 사용하던 가방을 메고 문화원으로 간다. '수필 창작과 감상' 과정에는 나를 포함한 이십여 명의 나이 지긋한 청춘들이 있다. 9년 유급생도 있고, 95세 만학도도 만날 수 있다. 나는 그분을 '큰형님'이라고 부를 수 있는 특권을 얻었다. 신입생 환영회에서 큰형님과 나눈 폭탄주는 두고두고 뇌리에 남을 것이다.

수요일 저녁, 딸과 아들이 선물해 준 카메라 가방을 둘러메고 서울교대 옆 사설 사진 학원으로 향한다. 고등학생, 대학생, 휴학생, 30대, 50대 직장인, 전업주부에 나까지 더하면 딱 일곱 명이다. 카메라 셔터를 한 번 누르면 삶의 희로애락이 담긴다. '찰칵, 철컥', 렌즈의 마찰음은 살풀이춤에서 긴 수건을 내쳤다가 낚아챌 때 나는 소리처럼 신비롭다.

토요일 오전, 조계사 114기 '불교입문과정'을 아내와 함께 참석한다. 나에게 공부는 언제나 뒷전이다. 교리 수업 시간에도 점심 공양으로 무엇을 먹을까에 관심이 더 많았다. 수업 후 인사동, 명동을 배회하는 재미도 연애할 때만큼이나 쏠쏠하다. '염불보다 잿밥'이라고 죽비에 맞아도 원망하지 않을 것 같다.

2월의 하루가 짧다.

초등학교 때 '개미와 베짱이'라는 이솝우화를 배웠다. 겨울을 대비해 곡식을 모으는 근면한 개미와 일하기 좋은 계절에 목청껏 노래만 부르며 시간을 허비하는 한심한 베짱이를 대비시켜 교훈을 주는 이야기다.

흔히 퇴직하고 재취업을 하지 않은 사람을 '백수'라 한다. 한심하고 무능함을 노골적으로 암시한다. 그러나 정년퇴직 후 경제 활동하지 않는 은퇴자는 이솝우화에 나오는 한심한 베짱이도 백수도 아니다. 청춘의 대부분을 개미처럼 살아온 성실한 일꾼이다. 이제 그들이 하고 싶은 것을 하며 살 수 있는 특권을 부여해야 한다. 나 또한 당당한 사계절 베짱이로 살고자 함에 주저함이 없다. 내 생각에 마음을 보태준 아내가 고맙다.

세 번째 대학생

'학문을 배우고 익히면 이 또한 즐겁지 아니한가?' 논어 책머리에 나오는 말이 떠오른다.

배움이 항시 즐겁기만 했던가를 생각해 본다.

꼭 그렇지만은 않았다. 학자에게는 맞는 말이지만 나에게는 아니었다. 공부가 좋아서 해 본 기억은 없다. 할 수밖에 없어 했을 뿐이었다.

20대 후반 때, 나는 세 가지의 꿈을 가지고 있었다. 그 중 하나는 대학생이 되는 것이었다. 고등학교 졸업하던 해 친구들은 대학생과 재수생으로 양분되었다. 나는 어디에도 속하지 못했다. 취업을 했기 때문이었다. 군 복무를 마치고 몇 년이 지났다. 많은 친구가 대학을 졸업했거나 졸업을 앞두고 있었다. 친구들이 한없이 부러웠다. 나도 친구들처럼 캠퍼스 잔디밭에서 낮잠도 자고, 기타도 쳐보고 싶었다.

삼 년 재수 끝에 친구들이 지나간 대학 캠퍼스를 밟았다. 고등학교를 졸업하고 10여 년만이다. 경영학을 전공했지만, 좋아서가 아니라 삶의 도구가 될 것 같아 선택했을 뿐이다.

50대 중반쯤에는 은퇴 후 봉사 활동을 할 요량으로 사이버대학교 학생이 되었다. '외국어로서의 한국어학'을 전공하고 한국어 교사 2급 자격증까지 취득했다. 은퇴 후 누구에게 도움을 줄 수 있는 위인지학爲人之學의 기대감이 있었지만 즐거움은 그다지 크지 않았다.

60대 중반 2022년 8월, 방송통신대학교 학생이 되었다. 세 번째 대학생이다.

글쓰기는 은퇴 후 나의 주요한 일과 중 하나가 되었다. 평생교육원, 문화원에서 전문가의 지도를 받고 있다. 때로는 문우들로부터 귀동냥으로 이런저런 정보를 얻기도 한다. 그래도 여전히 부족함과 결핍에 허덕인다. 글 속에 풀어 놓을 지혜와 교양이 턱없이 부족하다. 주제의 도출 과정도 일관성이 없을 뿐 아니라, 문장이 거칠고 억지스러워 읽을 때마다 한숨이 절로 나온다.

글쓰기에 부족함을 알기에 '문화교양학과' 3학년에 편입했다. 이번에는 배우고 익히는 즐거움을 만끽할 수 있으리라 확신한다. 오로지 나 자신을 위한 위기지학爲己之學을 해 볼 참이다. 꿈꾸었던 60대의 삶을 열어가는 초석이 될 것이다.

방송통신대학의 정규 강의가 시작도 되기 전에 나는 기쁨에 들떠 있다. 진도율에 반영되지 않는 강좌를 미리 훔쳐보기도 한다. 공부 동아리 몇 곳을 기웃거린다.

배움을 통해 얻어지는 지혜는 그림에서 밑바탕 물감으로 사용되는 제소gesso가 되어 200자 원고지의 흡수력을 높이고, 지나치지 않은 색감이 되어 탄탄한 밑그림을 그리게 해 줄 것이다.

나는 반 추상화 같은 수필을 화폭에 담고 싶다. 꽃바람, 건들바람이 불어올 때 내 글의 행간을 완보緩步하는 독자의 가슴 속에 잔잔한 미소를 그려 주고 싶다.

시니어 넉가래 부대部隊

2022년이 3일 남았다.

어둠에 갇힌 산동네 아침 6시, 아침잠 좋아하는 아내가 깨지 않도록 살그머니 이부자리에서 빠져나와 아래층으로 향한다. 700밀리리터 머그잔에 김이 날 정도의 뜨거운 물을 채우고 다락방으로 올라간다. 갓 내린 커피 대용으로 뜨거운 맹물을 천천히 들이킨다. 온기가 엄지발가락 끝까지 줄달음쳐 온몸으로 퍼진다. 움츠렸던 세포가 놀라 기지개를 켜는 순간 나만의 쾌락을 만난다. 클래식 음악과 함께 책 속으로 아침 산책을 나선다. 2층 위 다락방에서 일어나는 하루의 일상이다. 어둠 속 마을은 밤사이 내린 눈으로 기력을 잃은 채 동트기만을 기다린다.

들그럭 달그락, 느닷없이 굉음이 울린다. 눈 치우는 소리다. 제설용 넉가래가 아스팔트를 긁는 소음이 타운하우스의 고요를 순식간에 깨뜨려버렸다.

'꼭두새벽부터 부지런을 떠는 사람이 도대체 누구야?'

후다닥 옷을 챙겨 입고 눈 치우기 울력에 동참한다. 오늘은 골목 끝 집에 사는 60대 후반 백 씨가 제일 먼저 나섰다. 눈이 오는 날은 제설 도구를 들고 만나는 이웃이다. 지난번에는 내가 1등이었는데 아쉽다. 뒤이어 뒷집 50대 박 씨가 어둠을 뚫고 등장한다. 눈 치우기 작업을 같이하는 동무다. 세 사람이 합심하니 집 앞 삼거리가 순식간에 말끔해진다. 평소 제설작업에 열심히 동참했던 옆집 60대한 씨는 보이지 않는다. 승용차는 눈에 덮인 채 주차장에 있는데 인기척이 없는 걸 보면 연말 정년퇴직을 앞두고 늦잠을 자는지, 아니면 멀리 여행을 떠났는지 궁금하다.

서울을 떠나 용인 전원주택 단지로 온 지 한 달이 지났다. 주택 대부분이 구릉이나 언덕배기에 자리를 잡고 있어 눈이 오는 날에는 모두가 긴장한다. 우리 집은 삼거리에 위치하고 길 건너편에는 공개 공지여서 내가 제설 작업해야 할 면적이 다른 집에 비해 꽤 넓다.

눈은 쌓이기 전에 바로바로 치우는 게 최선이지만, 말처럼 쉽지 않다. 몇 번 경험해보니 시간적 여유가 있는 은퇴자들만이 그 일을 해낼 수 있다는 것을 알았다. 나를 포함한 4명의 시니어는 눈 오는 날 만나는 이웃사촌이 되어 갔다. 아내는 이들을 '시니어 넉가래 부대'라고 이름을 붙였다. 눈이 오는 날은 으레 늦은 밤, 새벽 할 것 없이 자발적으로 눈을 치운다. 작업을 하다 보면 영하 10도에도 이마에 땀이 맺히고 비니모자 위로 뜨거운 김이 피어오른다. 머리에 쌓인 눈이 땀과 열기에 녹을 무렵, 말끔해진 길을 따라 출근 차량이 하나, 둘 조심스레 바깥세상으로 향한다. 어떤 이는 차창을 내리고 '감사합니다' 인사를 하고, 또 다른 이는 미안해서 '쌩~~~' 하고 속도를 더 높여 지나간다. 모두가 우리 사회를 지탱하는 기둥들이다. 넉가래 부대원은 누구에게 칭찬받기를 기대하지 않고 누구를 원망하지도 않는다. 직장인들이 새벽에 눈을 치우고 출근하는 것은 불가능한 일이다. 나 또한 그랬으므로 누구를 원망할 자격도 없다. 146가구에 사는 모든 사람이 편안한 하루가 되기를 바랄 뿐이다.

나는 눈을 치우며 위안을 얻는다. 눈을 매개체로 이웃과 원만한 관계를 유지하고, 일상에 쫓기는 젊은이를 위해 작은 일이라도 할 수 있다는 것은 나의 복이다. 아직 제설 작업을 할 수 있는 체력이 있으니 다행이다.

1시간 정도 눈을 치우면 6,000보 정도 걷는다. 운동을 한다며 타운하우스 인근에 있는 경안천 산책로를 흐느적거리며 걷기도 하는데, 봉사도 하고 운동도 할 수 있으니 '도랑 치고 가재 잡기' 하는 격이다.

'새벽 눈 치우기'를 얼추 마치고 거실로 들어서면 뿌연 안개가 안경에 서린다.

'오늘도 수고했어요.' 아내의 홍차 같은 격려가 굳어진 내 어깨를 녹인다.

아들과 첫 나들이

'첫사랑, 첫 직장, 첫 만남'

가슴을 뛰게 하는 단어들이다. 처음이라는 단어가 가진 설렘 때문일 것이다. 설렘은 기쁨으로 연결되기도 한다. 삶의 큰 즐거움은 신이 창조하지만 작은 기쁨은 우리가 스스로 만들어 낼 수도 있다. 여행은 언제든 마음만 먹으면 떠날 수 있고, 기쁨과 설렘을 동시에 주기도 한다.

2023년 4월, 나는 특별한 여행을 했다. 아들과 단둘이, 처음으로 부자지간 여행을 떠났다. 아들은 다섯 번째 일본행이지만 나는 첫 일본 여행이다. 기대와 설렘이 배가될 수밖에 없다.

여행 첫째 날, 교토역에 도착하니 오후 1시다. 교토는 약 1,000년(794~1868)간 일본의 수도였다. 역을 나서니 교토 타워가 우뚝 솟아 이순신 동상처럼 우리를 맞이한다. '규카츠'로 늦은 점심을 때운다. 처음으로 일본에서 일본 음식을 먹어본다. 일본 전통주 한 잔을 곁들이니 한국에서 먹는 소고기와 다른 식감이 느껴진다. 분위기 탓 일 게다.

교토 외곽에 있는 니조역 앞 숙소에 여장을 푸니 오후 3시다. 하루가 아까워 주변 산책에 나선다. 여기저기 신사神社가 눈길을 끈다. 신사는 일본 황실의 조상이나 나라에 공이 있는 사람을 신으로 모셔놓고 제사를 지내는 일본인들이 신성시하는 장소다. 반면 나에게는 '참배', '야스쿠니', '공물봉납' 등의 단어가 떠올라 마음을 불편하게 하는 곳이다. 숙소 근처에 신센원神泉院이라는 신사가 있어 고개만 내밀어 들여다본다. 정자와 연못 그리고 붉은색 다리가 인상적이다. 우리의 사당, 제실에서는 만날 수 없는 화려한 색상이다.

저녁 나들이로 찾아간 전통 시장 나시기Nishiki는 관광객으로 넘친다. 발걸음을 옮기려면 민첩한 지그재그 동작이 필요하다. 시장통 술집에서 천 원짜리 일본주 한 잔씩 들고, 꼬치구이 두 개를 안주 삼아 아들과 잔을 부딪친다. 좌석 없이 선 채로 마시는 스탠딩 바 같은 곳이다. 실내는 우리의 목소리가 서로 들리지 않을 정도로 소란스럽고 다양한 얼굴색의 여행객이 이채로운 조화를 이룬다. 서울 종로통에 있는 광장시장을 옮겨 놓은 것 같다.

제대로 된 한 잔을 위해 선술집을 들렀다. 출입문에 특이한 안내문이 한자로 붙어 있다. 해석하면 '환기를 위해 문을 열어 둡니다'였다. 식당 내부는 20대 젊은이들 일색이다. 어색했지만 20대의 아들을 믿고 화장실 앞 빈 자리를 잡았다. 마치 삿갓을 쓰고 '별다방'에 앉아 있는 기분이다. 영어가 통하지 않는다. 영어 메뉴도, 주문을 위한 QR 코드도 없다. 주인은 우리가 알아듣지도 못하는 일본어로 성심껏 해맑은 얼굴로 설명한다. 술집 내 테이블에선 너나 없이 담배를 꼬나문다. 아예 재떨이가 식탁 위에 있다. 입구에서 읽었던 특별한 안내문을 게시한 이유를 알겠다. 담배, 영어에 한해서는 한국이 일본보다 분명한 선진국이다.

소란 속에서도 부자간의 대화는 은밀하다. 아버지의 첫사랑을 아들에게 고백한다. 아들은 실패한 첫사랑의 아품을 소설처럼 털어놓는다. 둘은 무릎을 맞대고 이상형을 논한다. 서로의 선구안이 다름에 적잖게 놀란다.

"아버지는 갸름하고 동글동글한 여성을 좋아하시네. 바로 엄마네. 나는 굵고 화려한 여자를 좋아합니다." 아들과 나누는 야릇한 대화로 첫 밤이 깊어 간다.

여행 이튿날이 밝았다. 아침 6시에 아들과 함께 호텔에 있는 대중목욕탕에 몸을 담근다. 우리가 1등이다. 20분간 욕탕에 몸을 담그니 어제의 피로가 슬며시 나가신다. 어느새 아들은 우람한 청년이 되었다. 185㎝, 90㎏. 취미로 하는 복싱으로 단련된 덩치가 무섭다. 허벅지는 엄마 허리처럼 단단하고, 운동선수에게 볼 수 있는 승모근僧帽筋이 위협적이다. 나의 유전자가 아닌 윗대의 좋은 유전자가 아들에게 발현되었나 보다.

아들과 대중탕 동행은 중학생 때가 마지막이었으니 오랜만에 보는 부자간 알몸에 시선 둘 곳이 마땅치 않다. 어색함을 순식간에 깬 것은 지난밤 서로의 잠버릇 이야기를 하면서다. 둘 다 잠버릇이 고약하다는 것은 아내를 통해 익히 알고 있었다. 아버지는 이를 갈고 아들은 코를 곤다. 같은 방에 묵을 부자에게 아내는 귀마개를 준비해 주었다.

"너, 코 고는 소리가 나이아가라 폭포에 물 떨어지는 소리같이 크더라. 옆집에서 항의 온 일은 없었니?"

"아버지, 이 가는 소리는 맷돌에 콩 가는 소리보다 요란합디다. 엄니 청력에는 이상이 없나 모르겠네"

아버지는 이 가는 소리를, 아들은 코 고는 소리를 직접 듣지 못했으니 무승부다. 알몸의 어색함은 어디로 가고 부자의 정만 깊어 간다.

오전 10시경, 전통 가옥이 즐비한 기온거리를 거쳐 사찰, 기요미즈데라를 둘러본다. 이곳저곳을 둘러보고 내려오니 길에는 인파가 넘쳐난다. 허기진 배를 채우기 위해 기온거리 고즈넉한 식당에서 자리를 잡고 메뉴를 보니 라면 1인분이 35,000원이다. 아들의 유창한 영어로 다음에 오겠다는 말을 남기고 뛰쳐나왔다. 길거리 식당에서 만두와 라면 2인분을 25,000원으로 해결했다. 70,000원이나 25,000원이나 허기를 채우기는 매일반이다.

식사 후 첫 방문지는 일왕이 살았던 교토고쇼다. 넓은 면적과 우람한 소나무가 탐났다. 서울의 궁궐들이 현대화에 밀려 옮기고 변형되고 쪼그라든 우리의 현실이 안타깝기만 하다. 교토 별궁 니조성을 끝으로 이튿날의 볼거리 여정을 마쳤다. 남은 것은 먹거리 여행이다. 교토 시내에 있는 선술집을 어렵게 찾아갔다. 오후 6시인데도 좌석은 이미 꽉 찼고 입석도 별로 없다. 우리 부자는 2시간을 서서 마셨다. 같은 테이블, 1m 앞에 일본 여성 2명이 선 채로 끝없이 웃고 마시고 즐긴다. 사케 종류를 셈하며 이놈 저놈 맛보니 얼큰하게 취한다.

술기운으로 아들과 인생을 이야기한다. 아버지는 지금처럼만 편안하게 살았으면 좋겠다고 말한다. 아들은 때가 되면 해외로 나가 살고 싶다고 한다. 딸은 이미 해외에서 살고 있는데 아들까지 바다 건너가겠다니…. 난감하다. 초등학교 때 어학연수를 괜히 보냈나, 같이 있어도 외롭다.

여행 사흘째, 아침 6시에 기상하여 대중목욕탕에서 두 번째로 알몸 목욕을 한다. 어제보다는 시선이 자유롭다. 편의점에서 아침을 해결하고 천룡사와 근처 대나무 숲을 거닌다. 어디를 가나 관광객이 넘친다. 언제 다시 이곳에 다시 올 수 있을까 하는 생각에 아쉬운 마음도 든다.

오후에 오사카로 이동하여 짐을 푼다. 오사카역 앞, 주상복합 건물의 20층이 우리 숙소다. 역 주변은 인산인해다. 건물과 지하철역이 대부분 육교로 연결되어 있다. 건물의 덩치가 크다. 1층보다 2층의 상권이 더 활성화되어 있다. 연결 육교[links]는 건물을 에워싸고 옆 건물로 연결되기도 한다. 실용적이고 지능적이다.

저녁 시간, 대표적 관광지 도톤보리로 진출한다. 사람 구경에 지친다. 빈대떡집 주방장 앞 요리대에서 맥주 한 잔 홀짝이며 빈대떡으로 저녁을 대신한다.

몇 잔의 생맥주로 취기가 오른다. 2022년 11월, 함께 살던 아들이 처음으로 분가했다. 아들에게 다시 부모와 같이 살 의향이 있느냐고 조심스레 물어본다. 매몰차게 아들은 거절한다. "아버지. 좁은 집에 살면 불편하고 경제적 지출을 스스로 책임져야 하는 어려움도 있지만 나만의 공간을 갖는 쾌감이 보통이 아닙니다. 다시 부모님과 같이 살기는 어려울 것 같습니다." 서울 종로 광장시장의 빈대떡이 그립다.

여행 나흘째. 아침 7시 오사카역 주변을 산책한다. 직장인들이 구름같이 역으로 향한다. 키는 나보다 작은데 걸음은 더 빠르다. 대부분이 손가방을 들었거나 등에 가방을 멨다. 외국에서 온 관광객의 대부분이 착용하지 않는 마스크를 출근길 일본인들은 철저히 착용하고 있다. 규칙 준수는 이들의 상징인가 보다.

처음으로 호텔 조식을 먹어본다. 여행에 한 번쯤은 먹어 줘야 한다는 아들의 주장이다. 1인 25,000원이다. 점심을 건너뛸 요량으로 세 접시의 음식을 후딱 해치웠다.

오전 일정은 도요토미 히데요시가 1583년에 쌓기 시작했다는 오사카성 천수각 방문이다. 오전 10시 30분, 입장을 기다리는 긴 줄이 뙤약볕 아래 늘어졌다. 30여 분 만에 입장한 내부는 도요토미 히데요시의 역사관이다. 한국인의 원수지만 일본인에게는 영웅이다. 역사는 보는 이의 관점에서 선악이 나뉜다. 우리 부자가 이곳을 방문한 것은 일본인이 아산 현충사를 찾는 것과 다르지 않다. '바깥 경치만 찍고 갈 걸…' 기분이 꿀꿀하다.

후회 속에 '하루카스 300' 전망대로 발길을 돌린다. 57층 전망대에 오르니 오사카의 전경이 막힘없이 눈에 들어온다. 동서남북 어디를 봐도 산이 없다. 야산도 보이지 않는다. 인터넷으로 오사카를 검색해 보니 인구(2020년 기준)는 8,800,000명, 면적 1,905km²이다. 서울 인구(2022년 기준)는 9,400,000명, 면적은 605km²이다. 인구는 비슷하지만, 면적은 서울의 3배다. 만만한 도시가 아니다. 이렇게 탁 트인 지형에 사는 사람들이 왜 속내를 꽁꽁 감추며 살까. 친절은 넘치는데, 과거사를 인정하고 반성하는 데는 왜 그렇게도 인색할까. 며칠 여행으로 답을 찾을 수는 없을 것이다.

찜찜한 마음으로 인파 속으로 파묻힌다. 도톤보리 지역을 다시 방문하여 어제 대기자가 많아 입장을 포기했던 길거리 숯불구이 집에 재도전할 요량이다. 이 식당은 한국에서 중고등학교를 졸업한 후 오사카에서 사업을 하는 일본인 유명 유튜버가 소개했던 곳이다. 그 여파로 오사카를 방문하는 한국 젊은이의 최애 식당이 되었다. 5시에 문을 여는데 15분 전에 도착하니 이미 6팀이 대기하고 있다. 결국 5시에 6팀만 입장하고 아들과 나는 대기 번호 1번을 받았다. 1시간 20분 후 길거리 좌석에 앉았다. 소고기를 부위별로 준다. 간판은 숯불인데 갈탄으로 불을 피운다. 실내 3팀, 실외 3팀을 받을 수 있는 길거리 식당이 대박을 내고 있다. 유튜버의 위력을 실감한다. 아들 덕분에 생소한 경험을 해 본다.

여행지에서 마지막 날 밤, 직화에 소고기구이를 먹으며 아들은 엄마와 아버지의 건강을 염려한다. 어머니의 이명이 완쾌되어 옛날처럼 아버지와 함께 여행을 다녔으면 하는 바람을 말한다. 아버지는 딸과 아들이 사회적 성공보다는 행복하게 살았으면 하는 희망을 전한다. 4월의 밤이 화롯불보다 뜨겁다.

여행 마지막 날, 오후 4시 항공편이지만 관광 없이 휴식이다. 체력 안배가 필요한 시점이 된 것이다. 나는 나흘 동안 83,000보, 1일 평균 20,000보 이상을 걸었다. DSLR 카메라에 담긴 사진이 1,300장이다. 가깝고 먼 나라 일본을 보기 위해 바지런을 떤 것이다.

한국인이 일본의 장점을 말하면 무조건 매국노가 되는 시대에 살고 있다. 그러나 원수에게도 배울 점은 있다. 5일 동안 둘러본 일본, 간판의 세련된 디자인이 눈에 띈다. 한국에도 간판에 손 글씨를 활용하는 사례가 늘고 있다. 일본의 글자체를 예술적으로 활용한 디자인이 돋보였다.

일본인은 경계선을 철저히 준수한다. 교토에서 받은 인상이다. 작은 집에 작은 차, 반드시 집 경계선 안쪽에 주차한다. 자전거도 집 안에, 에어컨 실외기도 베란다 안쪽으로 설치한다. 그래서 일본 사람은 마음도 경계선 안쪽으로 가두는 것일까. 속내를 내보이지 않는 것도 같은 이치인 듯싶다.

마지막으로 규범 준수다. 차 한 대가 지나갈 수 있는 좁은 이면 일방통행로에도 건널목과 신호등이 있다. 모든 사람이 신호등을 준수한다. 코로나가 끝나가지만 99%가 마스크를 착용한다. 일본 저력의 일면일까.

아쉬운 점도 없지 않다. 신용카드 대신 현금을 사용해야 하는 점이다. 보도에 따르면 일본의 신용카드와 간편결제 비율이 36%라고 한다. 하루 관광을 마치면, 다리에 피로가 남고 호주머니에는 수북히 동전이 남는다.

언어 소통도 문제다. 알아듣지 못하는 일본어로 웃으면서 끝까지 설명하는 자세를 탓할 수 없지만, 영어가 좀 더 생활언어가 되었으면 한다.

마지막으로 흡연이다. 우리나라에서 흡연이 가능한 식당과 주점은 거의 없다. 반면, 일본의 선술집에서는 쉽게 접할 수 있다. 아내가 동행했다면 10분도 견디지 못했을 것이다. 가깝지만 먼 나라 일본, 차이와 다름을 체험한 여행이었다.

이번 여행의 기획자는 아들, 예산 지원은 아내, 주연배우는 나였다. 귀국한 다음 날 주연배우가 기획자에게 문자를 보냈다.

'아들, 아버지랑 같이 노느라 고생했다. 고맙다'

기획자로부터 신속한 답이 왔다.

'아버지 내년에 또 같이 가시죠'

사계절 베짱이

2022년 6월 하순, 은퇴한 지 여섯 달이 지나간다. 아들이 출근 준비하는 시간에 나는 이리저리 침대 위를 뒹군다. 게으름이 주는 쾌감은 1월보다 퇴색되었지만, 한계효용체감의 법칙에도 불구하고 여전히 달콤하다.

그러나 60대부터 '속박으로부터 자유'만으로 남은 인생을 신나게 살아갈 수는 없을 것이다. '게으름과 자유'에 적당한 의미와 가치를 더해야 한다. 은퇴자의 지나친 학구열이 부담으로 다가올 때도 있지만 '자유'가 '게으름'으로 끝나지 않으려면 '배움'을 더해야만 한다. 배움은 욕구를 충족해 줄 뿐 아니라 긴장감까지 준다. 가끔 지나친 학구열로 핀잔받기도 하지만 배움은 대부분 즐겁다.

사진 공부는 6개월째 진행형이다. 사설학원에서 배우기도 하고 문화원에서 배우기도 한다. 고궁, 사찰, 한강, 울릉도까지 출사出寫를 다니며 취미로 자리 잡아가고 있다. 쓸 만한 사진은 개인 블로그에 올리기도 하고, 단톡방 친구들에게 주기적으로 게시한 후 반응을 기다리기도 한다. 처제 딸의 야외 결혼식까지 촬영했으니 집안에서는 이미 작가 반열에 올랐다.

수필 공부도 진행형이다. 문화원과 평생교육원에서 배움을 이어가고 있다. 주제에 따라 한 달에 최소한 두 편을 쓰기 위해 노력한다. 나만의 경험을, 아픈 과거를, 감춰두었던 내밀한 이야기를 생채기가 덧나지 않게 풀어내는 작업은 만만치 않다. 그러나 한 줄, 한 문단 쓰다 보면 나와 내 가족의 과거사가 일목요연하게 정리된다. 가끔 잊고 살아온 추억을 끄집어내어 되새기다 보면 색다른 맛도 있다. 암울한 가족사의 상흔이 글을 쓰는 과정에 사그라짐을 체험한다. 이때 수필은 나에게 '플라세보'다.

골프 도전은 실패작이다. 지난해 11월부터 개인 지도를

야심 차게 시작했지만, 올해 6월 초에 그만뒀다. 뜻대로 되지 않는 것을 보면 나와 인연이 아닌 듯하다. 재직 시절, 정기적으로 라운딩한 팀이 없었으니 은퇴 후 필드에 나갈 기회도 흔하지 않다. '주변에서 초청이 있으면 응한다'로 생각을 바꾸니 마음이 개운하다. 영원한 '백돌이' 훈장을 이마에 달고 살면 된다.

당구는 나와 인연이 없는 스포츠였지만 5월부터 도전한 새로운 잡기雜技다. 60대 중반, 친구들의 모임은 식사와 간단한 반주 뒤에 으레 당구장으로 발길을 옮긴다. 불행하게 나는 당구를 배우지 못했다. 집 근처 당구장 사장에게 독 과외를 받고 있으니 머잖아 친구들과 어울릴 수는 있을 것 같다. '쓰리 쿠션'이 두렵지 않은 날이 오기를 고대한다.

"이제 재취업 안 하실 건지요?" 가끔 후배들이 묻는다.

"다시 일 안 하고 노나?" 친구들도 묻는다.

60대 중반에도 경제활동을 하지 않으면 백수인가. 나 혼자 중얼거린다. 이제부터는 누가 뭐라든 나의 삶을 즐기고 싶다. 놀며 배우는 사계절 베짱이가 되어 보련다.

렌즈에 담지 못한 세월

　망원렌즈와 광각렌즈는 배낭에 넣고, 표준렌즈를 장착한 카메라는 목에 건다. 흥인지문을 뒤로하고 동대문 성곽을 따라 낮지만 가파른 낙산을 오른다. 4월의 해거름 햇살에 이마가 뜨겁다. 가쁜 숨이 열을 더하고 맥박도 뒤질세라 빨라진다. 낙산 정상에 오르면 내 인생의 젊은 시절 전부를 보낸 S 대학교병원을 한눈에 내려다볼 수 있다. '마스크는 선택이 아닌 필수 시대'에 등짐 지고 산을 오르기가 쉽지 않다.

　S 병원의 가까운 거리에 야트막한 낙산이 있다.

어줍게 배운 카메라로 병원 야경을 찍기 위해 길을 나선 것이다. 낙산 정상에서는 병원 건물의 측면을 내려다볼 수 있다. 병원은 내 개인사의 시발점이자 종착점이었다. 19세에 첫발을 들여놓고, 60세에 마지막 발자국을 남기고 떠나왔다. 사십여 년을 연건동 28번지, 대학로 101번지에서 보냈다. 아내를 병원 본관 2층 총무과에서 만났다. 딸과 아들의 고향은 병원 3층 분만실이다. 아버지, 어머니와 마지막으로 헤어진 곳도 응급실과 중환자실이었다. 개인사뿐만 아니라 가족사가 서려 있는 곳이 S 병원이다.

힘겹게 낙산에 올라 셔터를 누르는 순간 눈물 한 방울이 쪼르르 렌즈 위로 떨어지더니 대학로 지하에 갇힌 흥덕동천으로 흐른다. 과거를 되돌아보기에는 채 아물지 않은 큰 상처인가 보다. 지나간 아픔이라 그나마 견딜만하다. 수십 번 렌즈에 병원을 담고 담아도 차가운 건물뿐 내 삶의 흔적은 보이지 않는다. 어디쯤 매일 오가던 내 모습의 그림자라도 찾을 수 있을까.

망원렌즈는 깊은 생채기까지 드러내 보여 민망스러워 싫고, 광각렌즈는 긴 세월만 보여 줄 뿐 희로애락을 세세하게 담아 내지 못한다. 장비 탓일까. 욕심 탓일까. 40년을 가로 3.6cm, 세로 2.4cm의 렌즈에 담겠다는 것은 과욕이었나 보다.

4월 저녁 바람이 만만치 않다. 렌즈에 담지 못한 40년 삶을 생맥주 한 잔에 채워 마셔볼까. 동료들과 자주 들렀던 정상 근처에 있는 카페로 발길을 돌린다. 코로나가 인간관계를 통제하기 전까지 퇴직한 동료, 후배들과 종종 찾던 곳이다. 익숙한 호프브로이 맥주 한 잔 들고 야외 테라스로 향한다. 그런데 병원을 내려다볼 수 있는 명당은 이미 젊은이들로 꽉 찼다. 사회적 거리두기가 느슨해진 여파일까. 코로나의 위협에도 젊음은 아랑곳하지 않는가 보다.

청춘들의 우람한 등 뒤에서 어쩌다 보이는 병원 야경을 훔쳐보며 혼자서 추억을 홀짝인다. 늦게 온 이유로 카페 구석 자리 신세가 되고 말았다. 이래저래 애매한 60대다. 추억은 마음속 렌즈에 담고 하산길을 재촉한다. 하산길에 두 다리가 더 무겁다.

염불보다 잿밥

　'염불보다 잿밥'은 누구에게나 익숙한 말이다. 맡은 일에 최선을 다하지 않고 부수적인 일에 더 관심을 두는 경우를 말한다.

　코흘리개 시절, 성탄절 때 교회에 가면 사탕을 나눠주곤 했다. 친구들과 나는 목사님의 설교보다 다디단 사탕에 관심이 많았다. 내 나이 60대 중반에 염불보다 진한 잿밥의 쾌락을 맛보았다.

　2021년 12월, 직장을 그만둘 무렵 불교를 알고 싶은 마음이 일었다. 40대에 아내의 권유로 단기 묵언 수행과 삼천배三千拜를 해 본 전력이 있지만 나는 딱히 불교 신자는 아니었다.

인터넷을 통해 이곳저곳을 기웃거리다가 조계사의 불교 입문 과정에 재빠르게 등록을 마쳤다. 이명耳鳴 때문에 6개월째 방배동 아파트를 떠나 큰 처형의 용인 주택에 기거하던 아내가 어떻게 알았는지 덩달아 합세했다. 졸지에 나는 아내의 룸메이트에서 클래스메이트가 되었다.

매주 토요일 오전 8시 50분, 방배동 집에서 인사동 조계사로 가는 406번 버스에 몸을 실었다. 3개월간의 출석 수업이 끝나고 수계식 및 수료식에서 아내와 나는 가족상까지 받았다. 과정을 담당해 주신 조계사 총무국장 운문 스님, 교육국장 서안 스님, 템플 국장 혜원 스님께 감사한 마음을 전하며 정중히 삼배를 올린다. 동행 도반에게도 같은 마음을 전한다.

짧은 교육 기간, 나는 모범생이 되지 못했다. '학교 갔다 오자마자 책 보따리를 방구석에 던져두었다가 다음 날 어제 보따리를 다시 둘러메고 학교에 가는, 놀기만 좋아하는 초등학생'과 다를 바 없었다. 입문 과정을 통해 불교를 이해하고 불제자가 되어 보겠다는 생각은 시작부터 모순이었다. '종교는 알고 믿는 게 아니라, 먼저 믿음으로 알게 되는 것'을 어렴풋이 배웠다.

교육 기간에 내내 염불보다 잿밥이 더 달짝지근했음을 고백한다. 코로나19로 세상이 움츠린 시간 속에서, 토요일마다 버스에 몸을 싣는 것만으로 우리 부부의 답답한 일상에 활기를 더했다. 2시간의 강의가 끝나 갈 무렵, 수업 시간에 게슴츠레했던 눈가에 점심 생각으로 섬광이 번쩍인다.

"청신녀! 오늘 공양은 어디로 가시겠소."

"오늘은 청신남께서 결정하시지요."

산회가散會歌가 끝나면 스님보다 먼저 법당을 빠져나간다. 잿밥 찾아, 추억의 맛집 찾아, 서로의 팔을 밀며 끌며 말미 여행을 떠난다. 인사동의 비빔밥과 사찰음식, 명동의 칼국수와 냉면, 모두 낯익은 동네의 음식이다. 게다가 20대 후반의 추억이 쌓여있는 곳이다. 삼십여 년 훌쩍 지나, 오래전에 지워진 흔적 위에 조금 가벼워진 60대의 우리 발자국을 더한다. 회색빛 화폭에 청록색을 더하니 봄이 오는 소리가 들린다.

잿밥 탐닉은 육바라밀만큼 의미 있는 일일지도 모른다.

일시적 별거 중인 우리 부부에게 함께 있을 시간을 덤으로 주었고, 있는 듯 없는 듯한 사랑을 다시 보듬을 기회가 주어졌음에 감사한다.

과학 분야에서 연구에 실패하여 얻은 결과가 예상치 못한 중대한 발견 또는 발명으로 이어지는 경우가 있다. 영어로는 'Serendipity[운 좋은 발견]'라고 한다. 이번 교육 과정 중 경험한 잿밥은 나에게 최고의 '세렌디피티'다.

외투 소매 끝으로 맞잡은 아내의 손마디가 많이 야위다. 결혼 삼십육 년, 남편과 딸, 아들에게 육신까지 다 내주었나 보다. 불제자가 되는 것도 행운이지만 늘그막에 부부가 함께 같은 일을 할 수 있다는 것은 '잿밥 이상의 운 좋은 발명품'이다.

나는 늘그막 인생길에 다음번 '잿밥 찾기'를 멈추지 않으려 한다.

유월 베짱이의 하루

6월 마지막 날, 빗소리에 눈을 뜬다. 가뭄으로 저수지 바닥이 거북 등껍질처럼 갈라졌다고 아우성치더니 장대비가 억수같이 퍼붓는다. 은퇴 후 6개월, 2022년의 반환점에 있는 나는 하고 싶은 놀이만 하며 살아가는 베짱이가 되었다.

07:00. '사람들은 빗소리를 왜 전 부치는 소리와 연관 지을까.' 생뚱맞은 생각을 하며 하루를 시작한다. 책방으로 건너가 컴퓨터를 켜고 EBS에서 '왕초보 영어'를 듣는다. 대한민국은 참 좋은 나라다. 내용도 좋은데 무료다. 1

회 분량은 30분, 1.3배속으로 돌리고 복습까지 끝내는데 대략 40분이면 족하다. 오늘 해야 할 공부는 끝이다. 지금부터는 노는 시간이다.

07:50. TV를 켠다. 주간 단위로 편성되는 KBS 인간극장을 보기 위해서다. 이번 주 제목은 '고구마밭에 행복이 주렁주렁', 시골 처가에 사는 50대 농부의 진솔한 삶을 그렸다. 낮은 담 넘어 사는 이웃의 삶 같아 정겹다. '걸어서 세계 속으로'와 함께 즐겨보는 프로그램이다.

08:30. 짧은 수염을 자르고 온수 샤워를 즐긴다. 은퇴 후 면도는 이틀에 한 번만 한다. 아내를 빼면 내 얼굴을 빤히 쳐다보는 사람도 없다. 마스크를 벗지 않으면 수염이 짧은지 긴지 알 수조차 없다. 샤워 후에 스쿼트Squat 30회를 한다. 평소 자주 사용하지 않는 근육을 유지하기 위해서다. 나이에 맞는 근력이 유지되기를 바란다.

09:00 아들이 출근한다. 근무 시작이 10시부터다. 요즘 회사들의 출퇴근 시간은 뒤죽박죽이다. 아들은 출근 때마다 시큰둥하다. 30여 년은 족히 더 일해야 할 텐데 어떻게 견딜 수 있을까. 은퇴한 나 자신이 미안하기까지 하다.

09:30. 아내와 '아점'을 준비한다. 나는 하루 두 끼만 먹

는다. 하루 세끼를 찾아 먹는 '삼식이', 하루 종일 와이프 주위에서 맴도는 백수 '하와이'는 되지 않겠다고 은퇴 전부터 맹세했었다. 식사 준비를 직접 해 보면 하루에 두 끼를 챙기는 것도 만만하지 않다는 것을 안다.

11:00. 아내는 전시장으로 향한다. 강남역 근처에 있는 갤러리에서 아내의 일곱 번째 전시회가 열리고 있다. 작품 준비 기간에는 짜증을 냈지만, 전시 기간은 긴장의 빛만 남았다. 오랜만의 화장으로 뽀송뽀송한 아내의 얼굴을 자주 본다. 아내가 집을 나서면 아파트는 내 차지다. 49평의 군주가 된다. 진한 커피 한 잔이 주는 행복을 느낄 수 있는 절호의 기회다.

12:00 우편물이 도착했다. 서울대학교병원에서 정년퇴직한 동료 K가 본인의 시집을 보내왔다. 수필집, 동시집에 이어 이번에는 시집 '물 위에 그림 그리기'를 발간했다. 저자 서명까지 해서 보내주니 고마울 따름이다. 퇴직 후 바람직한 삶의 표본 중 하나다.

12:30. 장고 끝에 방송통신대학 편입 원서를 접수했다. 학과는 '문화교양학과'. 수필을 쓰다 보니 교양과 상식이

부족함을 절실히 느꼈다. 국어국문학과와 문화교양학과 중 후자로 택했다. '어떻게 글을 쓸 것인가?'보다는 '무엇을 쓸 것인가?'에 마음이 기운 탓이다. 졸업을 하게 되면 학사 학위가 세 개다. '경영학(1991년)'은 삶에 도움이 된다기에 취득했다. '외국어로서의 한국어학(2014년)'은 50대 초반, 퇴직 후 외국인에게 한국어를 가르치기 위해 취득했다. 세 번째 도전하는 '문화교양학'은 나 자신을 풍요롭고 지혜롭게 만드는 길이라고 믿는다. 글을 쓰는데 자양분이 될 것이다. 인터넷에서 서류 접수와 증명서 발급은 역시 어렵다. 1991년 졸업한 대학교 성적 증명서를 인터넷에서 발급받기 위해 긴 시간 컴퓨터와 씨름한다. 어렵다. 아들이 퇴근할 때까지 기다려야 할까. 천신만고 끝에 출력까지 성공했다. 우체국에 들러 서류를 등기로 발송하니 내가 할 일은 끝이다.

14:00. 당구 개인 강습, 22회차다. 당구장에는 10여 명의 70대들이 모여서 3구, 4구를 즐긴다. 그중 한 명은 저 멀리 구석에 멀뚱히 앉아 눈만 꾸벅인다. 당구와 거리가 먼 사람이 분명하다. 두 달 전 내 모습이다. 지난 4월, 나는 동기 모임에서 당구를 칠 줄 몰라 그림자 같은 존재가

되었다. 다음 날부터 방배역 근처 당구장에서 개인 특별 강습을 받고 있다. 원래 계약은 1회 두 시간이지만, 하다 보니 세 시간이 훌쩍 넘어간다. 내가 남는 장사다. '야~, 점심 먹고 당구 한 게임 어때?'라고 친구에게 먼저 소리칠 날이 머지않았다. 귀갓길, 다리에 힘이 풀리지만 어깨에는 으쓱 힘이 들어간다.

18:00 아직도 비가 오락가락한다. 피곤하다. 아내의 전 시장에 있었던 얌체 같은 방문객 이야기와 내가 보았던 당 구장의 외톨이 아저씨를 안주 삼아 단출한 저녁상에서 아 내와 시간을 보낸다. 하루 두 끼가 완성되는 시간이다.

20:00. 자유 시간이다. 뉴스를 보든, 책을 읽든.

놀기만 하는 베짱이도 하루가 만만치 않다. 내일은 칠월 의 첫날, 오늘같이 무탈한 날이 되기를 기대한다. 빗소리 대신 바싹 타오르는 햇볕의 울림을 들었으면 좋겠다.

처인구와 처진구

"하필 왜 '용인 처진구'로 이사를 합니까?"

용인에 사는 지인에게 이사한다고 말하자 돌아온 반응이다. 이어 처인구는 용인시의 다른 지역보다 교통이 불편하고 편의시설도 변변치 않아, 은퇴자가 살기에는 불편한 곳이라는 말까지 덧붙였다. 인접 지역보다 주거 여건이 '뒤처진' 곳이라는 뜻으로 사용하는 은어隱語다.

2022년 11월 25일, 서울을 떠나 용인시 처인구 전원주택 단지로 이사했다. 45년 만의 서울 탈출이다. 새로운 환경에 대한 기대감도 있었지만, 익숙함과 편리함을 포기하는 두려움도 컸다. 나의 선택에 격려는커녕 지인의 비아냥조 반응에 심기가 불편했다. 비록 '처진구'라고 비하하지만 '뒤처진' 것만 있지 않을 것이라고 마음을 다잡았다.

이사를 한 지 한 달이 지났다. 걱정은 기우였다. 서울에서 허락하지 않았던 낭만이 여기저기에서 넘쳐난다. 나는 시골 체질이 확실하다.

이사를 하니 가족 구성원이 줄었다. 네 식구 중 딸은 오래전부터 해외에서 학업 중이고, 아들은 이사와 동시에 독립하니 부부만 남았다. 가장 큰 수확은 딸, 아들에게 빼앗겼던 아내를 34년 만에 되찾아 온 것이다. 자연과 더불어 시작한 신접살림 맛이 알콩달콩하다.

아내는 평소 흙을 밟으며 살고 싶어 했다. 이제 현관문을 열고 두세 걸음만 나서면 흙을 밟을 수 있다. 잠옷을 입은 채 부스스한 몰골로 뜰을 걸어도 상관없다. 우리 집 안까지 들여다볼 사람도 없다. 엉성하게 키 큰 소나무 아래 벤치에서 아내와 나는 차 한 잔을 즐길 수도 있다.

우리 집의 민트색 담장은 다른 집과 확연히 구별되는 상징물이다. 아내는 이사하자마자 줄 조명 두 세트를 사 왔다. 200개의 파티 라이트를 소나무에는 거미줄처럼, 담장에는 겹빨랫줄같이 내걸었다. 밤이 되면 크고 작은 전구가 도깨비불처럼 춤을 춘다. 불빛은 안단테에서 모데라토로 흐르다가 순식간에 빠르고 경쾌한 비바체Vivace 박자로 바뀐다. 아내는 거실에서 손뼉을 치며 좋아한다. 깡충깡충 뛰기까지 한다. 꼭 해보고 싶었던 아내의 위시리스트wish list 중 하나였다. 아내의 정신세계는 결혼하던 스물다섯 살에 머물러 있다.

타운하우스의 어둠은 길고 짙다. 우리 집 정원 가장자리에는 집주인이 설치한 외등 두 개가 있다. 외등을 켜고 끄는 시간은 우리가 정한다. 아내는 산그늘이 채 내려앉기도 전에 불을 켜 길을 밝힌다. 스위치를 누르는 아내의 잔주름 많은 손에서 작은 배려와 삶의 여유가 피어난다.

1층 거실, 2층 침실까지 황갈색 솔가리와 잔디 검불이 보란 듯이 굴러다닌다. 옷에 빌붙어 들어온 객식구들이다. 보일 때마다 줍는 수고는 서울 아파트 방구석에 웅크리고 있던 천덕꾸러기 먼지 더미를 치울 때와는 맛이 다르다.

은퇴 후 나는 '사계절 내내 신나는 베짱이'로 살고 싶었다. 전원주택으로 이사를 하면서 2층 다락방을 베짱이 놀이터로 만들었다. 하루 중 가장 긴 시간을 다락방에서 보낸다. 손끝이 아프도록 기타를 치고, 입술이 부르트도록 색소폰을 분다. 이웃집 눈치 볼 필요가 없다. 고요함을 조금 깨트릴 뿐이다. 그러다 지치면 몇 줄 글을 쓰다 지우기를 반복한다. 이마저 지겨우면 집 앞 삼거리를 내다보며 음흉한 관음증을 즐긴다.

'베짱이 놀이터'에는 세 개의 부채모형 채광문이 있다. 창문의 아래 틀은 침대의 높이와 엇비슷하다. 침대에서 턱을 괴고 동네를 내려다본다. 삼거리에 자리 잡은 집이라 오고 가는 사람을 은밀히 감시할 수 있는 최적의 초소다. 어떤 이는 경쾌하게 또 다른 이는 우울하게 하루 일을 마치고 발걸음을 옮긴다. 걸음걸이에서 그들의 하루를 상상해 본다.

집은 모두 스페니쉬 지붕에 흰색 벽이다. 유럽의 마을과 흡사하다. 다락방에서 붉은색의 박공지붕 위에 쌓인 눈을 넋 놓고 바라본다. 녹다 남은 흰 눈 틈새로 산호색 기와가 석류알같이 홍조를 띤다. '처진구'가 무릉도원으로 변신하는 순간이다.

새 터전을 잡은 지 한 달, 편리함의 잣대로 보면 '처인구'

는 '처진구'가 맞다. 그러나 편리함만이 주거의 최우선 요건은 아니다. 나는 불편함도 삶의 일부로 순순히 받아들이기로 했다. 마음을 비우니 자연이 주는 혜택과 느림의 미학이 나를 채우고 남는다. 내년 봄, '처진구'가 우리 부부에게 어떤 선물을 가져다줄지 기대에 부풀어 푸근한 12월을 보낸다.

철부지 60대의 아우성

2022년 6월 23일, 서울에 폭우와 강풍주의보가 내렸다. 약속 시간은 저녁 6시. '왜 하필 오늘같이 궂은날 모임을⋯' 구시렁거리며 선정릉역으로 향했다. 코로나가 가져다준 자숙의 세월을 견디고 3년 만의 모임에 초청받았으니 나는 선택받은 60대다.

오늘은 서울에 사는 부산 브니엘 고등학교 13회 졸업생, 58년생 개띠들이 모임을 하는 날이다. 중학교, 고등학교를 문교부의 평준화 정책에 따라 추첨으로 진학한 첫 세대다.

브니엘고 13회는 개교 이래 최초로 서울대학교 입학생을 다수 배출한 기념비적인 기수다. 600여 명이 졸업했다. 수도권에 거주하는 50여 명이 온라인 단체대화방에서 잡다한 이야기를 아침 6시부터 밤 10시까지 주고받는다. 오늘 모임에는 20명이 참석할 예정이다.

은퇴 후 사계절 베짱이로 사는 나는 약속 시간보다 일찍 모임 장소 근처에 도착했다. 아직 20분의 여유가 있다. 식당에 반늙은이가 혼자 뻘쭘하게 앉아 있는 것도 생뚱맞은 일이다. 약속 장소만 확인하고 주변을 기웃거리다가 친구 한 명과 마주쳤다. 그도 같은 이유로 주위를 서성거리고 있었다. 약속 시간 10분 전에 모임 장소에 입장했다.

아뿔싸, 이럴 수가!

그리 넓지 않은 식당에 15명이 모여 소주잔을 만지작거리고 있었다. 도착한 순서대로 앉았다고 한다. 나는 20명 중 16등이다. 그나마 다행이다. 고등학교 학업 성적보다는 조금 낫다. 약속한 6시가 되자 한 명을 제외한 19명이 착석했다. 왜 이렇게 출석성적이 좋을까. 50대까지의 모임에는 지각과 조퇴를 밥 먹듯이 하더니, 60대 중반 반늙은이가 되어 철이 들었나 보다.

모임을 시작한 지 30분이 지나자 예정보다 한 명이 더 참석했다. 운수업을 하는 친구가 근무 조정이 어려워 불참을 알려왔으나 간신히 대리 근무자를 세우고 참석한 것이다. 정성이 대단하다. 60대 중반 남정네의 퀴퀴한 냄새가 풀풀 나는 모임에 뭐가 그리 좋다고 기를 쓰고 참석할까. 고마울 뿐이다.

모임을 시작한 지 두 시간이 지났지만, 뒷문으로 먼저 꽁무니를 빼는 늙은이가 없다. 오십 대 때는 한 시간 지나면 화장실 가는 양 슬슬 빠져나가는 친구가 있기 마련이었다. 60대가 되니 궁둥이에 엿 붙인 사람처럼 꿈적도 하지 않는다. 소주잔을 손아귀로 비비고, 껴안고 탁한 목소리만 높인다.

어깨너머 뒤쪽 좌석에는 40여 년 전의 추억담이 난장판을 이룬다. 이유도 알지 못한 채 선생님에게 몽둥이로 맞던 이야기. '이화와 동화'를 설명한다며 수업 시간에 빵과 우유를 돈도 주지 않고 반장에게 사 오라고 시켰던 생물 선생님, 교과서 없이 출석부와 회초리만 가지고 수업에 들어오던 지학 선생님, 원주민도 알기 힘든 토종 발음으로 당당하게 가르치던 영어 선생님이 소환된다. 범어사 소풍 뒤풀이에서 막걸리를 마시다 정학 처분받은 대사건은 단골 메뉴가 되어 오늘도 빠지지 않고 시간을 채운다.

앞쪽 좌석의 대화 주제는 '오늘'이다. '아직도 마누라랑 같은 침대에서 자나?', '탈모약은 OOO이 최고다', '◇◇이 아플 때는 △△이 최고다'. 신변잡기와 무용담이 술잔 위에 쏟아진다. 쏟아지는 걸쭉한 타액에 술잔이 신음한다.

밤 9시, 평소 잠자리를 준비할 시간에 소낙비를 뚫고 생맥줏집으로 자리를 옮긴다. 16명이 2차에 왔다. 신기한 일이다. 대화의 주제는 전반전과 별반 다르지 않다. 다만 목소리의 톤이 높아지고 발음이 헛나올 뿐이다. 생맥주, 소주와 6월의 빗소리에 취해 애늙은이들은 시간 가는 줄 모른다.

밤 10시, 귀갓길 지하철 안은 복잡하다. 젊은이의 단단한 어깨가 내 등을 밀친다. 저항도 못 해보고 나는 꼬리를 내린다. 다리에 힘을 주고 어깨를 펴 보지만 지하철 안에서 '인싸'는 내가 아니다. 친구들에게서 받았던 위안이 집에 도착하기도 전에 사그라진다.

오늘 모임에 참석하지 않은 친구 한 명이 마음을 무겁게 짓누른다. 학창 시절 가깝게 어울렸던 사이다. 나는 부산 서면 진양 고무 근처에서 하숙했고, 친구는 조금 떨어진 동양 고무 근처에서 부모님과 함께 살았다. 친구는 결혼 후 사업을 하다 어려움을 겪었고 동기들 연락망에서 사라진 지 오래다. 수소문해도 연락이 닿지 않는다. 2008년 5월 22일, 대학로 내 사무실에서 짧은 만남이 마지막이 되었다. 14년이 지났다. 무사하기를 기원한다.

60대 중반, 만남의 장소에 제 발로 나올 수 있고 소주잔 가뿐히 들 수 있다면 선택받은 자의 행복한 삶일 것이다. 혼잣말을 시부렁대며 흥분되었던 하루를 접는다.

은퇴 365일 행복을 만나다

2022년 마지막 날, 퇴직한 지 365일째다. 완전한 자유와 게으름으로 1년을 즐겼다. 연초에 여유가 주는 쾌감은 강렬했다. 아쉽게 연말에는 그 쾌감에서 편안함으로 변했다. 특별한 사건도 반복되면 일상이 된다. 2022년은 일생에서 '가장 편안한 1년'이었고, 미래를 찾아 이곳저곳 기웃거린 탐색의 열두 달이었다.

늦어도 60대 중반에는 종교를 가져야 할 나이다.

연초부터 3개월간 조계사에서 '불교 기본 교육과정'을 아내와 같이 다녔다. '염불보다 잿밥'이라고 했던가. 공부

보다 아내와 달콤한 데이트를 즐겼다. 오늘 이력서를 다시 쓴다면 직업란에는 '무', 종교란에는 '불교'라고 메울 것이다. 할아버지, 할머니와 같은 종교를 갖게 되어 신났다.

글쓰기는 나의 정신을 단단하고 풍요롭게 만들어 주었다.

수필은 우연히 만났다. 퇴직 전 인터넷으로 주민자치센터, 평생교육원, 자치단체 문화원을 샅샅이 훑었다. 많은 교육 프로그램 중 눈에 띈 게 글쓰기였다. 문화원의 '수필창작과 감상반'에서 9개월간 선생님과 동료들에게 가르침을 받았다. 부족함은 겹치기 수업으로 채워나갔다. 평생교육원에서 '내 글로 책 쓰는 비결'을 6개월 수강했다. 덕분에 1년 사이, 졸작에도 끼지 못하지만 50여 편의 초고를 완성했다. 1년의 결실이라 할까. 2022년 12월 어느 날, '계간현대수필'에서 신인상 후보로 선정되었다는 연락을 받았다. 10년 후, 한적한 벤치에서, 카페에서 글을 쓰고 있을 내 모습에 미리 박수를 보낸다.

틈나면 내 글을 블로그에 올린다. 사진도 한 장 곁들인다. 사진과 글이 동색이면 글맛이 바짝 살아난다. 퇴직 1년 전부터 야금야금 카메라 장비를 사들였다. 비용이 만만치 않아 재직 중 마련해야 할 물건들이었다. 카메라와 각종 렌즈, 삼각대, 조명, 특수렌즈… 퇴직한 다음 달부터 사설학원에서 사진 기본, 심화 과정과 야간 촬영을 3개월 배웠다. 문화원에서 감성 사진 기본, 심화 과정을 6개월 배웠다. 이제는 어렴풋이나마 사진의 기본원리는 이해한다. 처제 딸의 결혼식 사진을 내 손으로 찍었다. 그뿐만 아니다. 고맙게도 아마추어 사진가에게 자원봉사의 기회도 주어졌다. 재단법인 라파엘 나눔의 홈리스 클리닉 진료 현장에 월 1회 출사한다. 셔터를 누를 기회를 얻어 기쁘다. 라파엘이 거절하지 않는 한 계속할 요량이다.

한편, 음치에 가까운 나는 악기를 다루고 싶었다. 2022년 11월 말, 서울을 버리고 용인 한적한 타운하우스로 집을 옮겼다. 드디어 아파트 층간 소음 걱정에서 벗어났다. 색소폰을 다시 꺼냈다. 색소폰은 내 개인 소장품 중에서 가장 비싼 물건이다. 프랑스제 셀마 수퍼액션 Ⅱ. 아내의 반지와 맞먹는 가격이다. 가격을 떠나 또 다른 의미가 있다. 2009년 아버지가 졸지에 돌아가셨다. 장례식을 마치고 색소폰을 샀다. 아버지의 아들이 아닌, 두 아이의 아버지가 된 그날, 허전함과 두려움을 채우려 했는지도 모를 일이다. 그러나 제대로 배우지는 못했다. 색소폰은 단단한 악기 보관함에 갇혀 몇 년을 홀대받으며 인고의 시간을 보냈다. 이사 후 한 달, 다시 꺼낸 색소폰은 변함없이 황금색을 뿜어냈다. 다락방 천장을 날릴 듯이 불어제친다. 방바닥에는 침이 흥건하다. 입술이 부르튼다.

"따따따 따따따 주먹손으로, 따따따 따따따 나팔 붑니다. 우리들은 어린 음악대 동네 안에 제일가지요."

바로 내가 어린이 음악대 대장이다. 2023년 1월부터 주민센터 색소폰반에 등록을 마쳤다. 2023년의 봄, 그윽한 테너 색소폰의 유혹적 저음이 이웃 주민의 귀와 마음을 녹여낼 것이다. 벌써 입가에 음흉한 미소가 돈다.

색소폰을 편애하니 시기하는 이가 있다. 기타다. 지난 생일 때 아내와 딸, 아들이 생일 선물로 새로 마련해 준 통기타다. 몇 번 튕기다 거실에 위병처럼 서 있다. 색소폰과 심한 차별 대우에 입이 열 자는 삐져나왔다.

'기타야 미안하다. 조금만 더 기다려 주면 안 되겠니. 색소폰이랑 사랑놀이가 시들해지면 너무 늦지 않은 나이에 너에게로 갈게' 사정해 본다.

2022년은 걱정거리가 없는 편안한 한 해였다. 1년 동안의 좌충우돌은 80대의 내 모습을 그려 볼 수 있는 소중한 시간이었다.

손가락이 컴퓨터 자판을 두들길 수 있다면 졸작의 글을 쓸 것이다. 두 다리로 뒷산에 오를 힘만 있다면 카메라와 함께 놀고 싶다. 폐활량이 풍선 하나 불 수 있다면 색소폰의 친구로 남기를 원한다. 2022년은 미래의 놀잇감을 찾는 탐색의 한 해였다. 어렴풋이 때로는 선명하게 80대의 내 모습이 그려진다.

2022년 12월 31일, 일기장에 몽당연필로 꾹 눌러 쓴다.
'나는 행복한 사람이다'

제5부

책 한 권의 인연

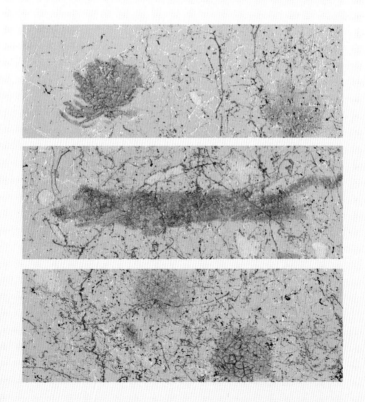

60대가 바라보는 세상은 아름답다. 꽃이 아름답게 보이면 나이를 먹었다는 증거다. 미워하기에는 시간이 부족하다.

5부는 신변잡기 15편을 묶었다. 은퇴 후 만난 세상, 인연 그리고 은퇴를 준비하는 후배들의 이야기다.

선풍기의 동안거冬安居

9월 중순이 되니 불볕더위가 산 그림자 꼬리 감추듯이 물러간다.

서늘바람이 아침, 저녁 집안으로 찾아든다. 거실 한쪽에 고개를 떨군 채 앉아 있는 선풍기가 눈에 띈다. 선풍기를 청소해야 할 계절이다. 삼 개월 동안 왜소한 덩치로 바람을 만드느라 기진맥진한 모습이 애잔하다. 긴 휴가를 줘야 할 때가 온 것이다. 구석구석 쌓인 먼저를 털어낸다. 세탁소에서 사용하는 비닐봉지로 선풍기의 작은 몸을 꽁꽁 싸고, 청색 테이프로 허리춤을 동여매어 창고로 보낸다.

문득 거실 한쪽에 당당하게 버티고 서 있는 덩치 큰 에어컨으로 눈이 간다. 선풍기와 에어컨은 바람을 만들어 내는 여름철 생활필수품이다. 둘 다 전기의 힘으로 바람을 만들지만, 주인에게 받는 예우는 크게 다르다.

선풍기는 기계적 장치라고 해봐야 두 개의 엉성한 덮개 안에 날개 서너 개 달고, 머리 뒤통수에 전동기 하나 가졌을 뿐이다. 키도 목을 접으면 70센티미터, 쭉 펴면 1미터 내외, 몸무게도 4킬로그램 남짓이다. 바람을 만들면서 생긴 열기를 자기 몸으로 받아들이며 주인의 열을 식힌다.

이에 비해 에어컨은 더운 공기를 차게 바꾸는 열교환기와 냉매 압축기까지 장착하고 있다. 서 있을 때 키도 180센티미터 정도다. 한국 남성의 평균 신장보다 크다. 본체의 무게는 30킬로그램 내외이고 실외기는 40킬로그램이 훌쩍 넘는다. 게다가 귀하신 분이 몸살이라도 날까 걱정되어, 긴 호스를 외부로 연결하여 실외기를 돌려 열을 식힌다. 체온을 스스로 관리해야 하는 선풍기와는 매우 다르다.

선풍기는 농업용수가 공급되는 수로도 없이 오로지 빗

물에 의탁해 농사를 짓는 논, '천둥지기'다. 반면 에어컨은 봇물이 맨 먼저 다다르는 물꼬가 있는 논, '고논'이다. 두 논에서 같은 양과 질의 나락 소출을 기대했다면 주인의 삐뚤어진 욕심이다.

둘은 태생적으로 차이가 크게 있음에도 선풍기는 에어컨에 비해 심한 차별을 받고 있다.

선풍기는 열대야에 미지근한 바람을 내뿜는다고 술에 취한 주인아저씨의 발길질에 차이기도 하고, 때로는 방바닥에 코를 박은 채 일하기도 한다. 그런가 하면 어른들의 부주의는 도외시하고 조심성 없는 선풍기 날개 탓에 어린 자녀들이 손가락을 다쳤다고 원성을 듣기도 한다. 심지어 열대야를 견디지 못한 주인은 입었던 옷도 벗어 던지면서, 선풍기에는 두 겹 세 겹 망사 덧옷까지 입힌다. 어쩌다 열이 펄펄 끓어올라도 선풍기는 군소리 없이 야간근무까지 해야 한다.

그러나 에어컨은 다르다. 대부분, '기온이 몇 도 이상 올라갈 때 아니면 낮 열두 시부터 오후 두 시까지만 가동한다'라는 근로기준법에 버금가는 에어컨 사용 규칙을 미리 정해 둔다. 꼭 필요할 때만 사용하고 충분한 휴식 시간을 보장하기 위한 사용자의 깊은 배려가 있다. 선풍기는 감히 엄두도 못 내는 근무 환경이다.

거주하는 공간도, 겨울나기도 사뭇 다르다.

선풍기는 여름 내내 이 방 저 방 끌려다니다가 찬바람이 불 즈음, 컴컴하고 퀴퀴한 냄새가 진동하는 외진 창고에서 비닐 옷을 입은 채, 긴 동안거冬安居를 보낸다.

그에 비해 에어컨은 한 번 자리를 잡으면 좀처럼 이사를 하지 않는다. 여름뿐만 아니라 사계절 주인 가족을 마주 보며 산다. 그들의 대화까지 엿들을 수도 있다. 먼지 묻을까 감기 들까 걱정하며 때때옷을 입히기도 한다. 주인과 엇비슷한 주거환경을 사계절 누린다. 출신 성분이 다른 선풍기에 비할 바가 아니다.

초여름부터 왜소한 체구로 바람 만들기에 최선을 다한 선풍기를 창고로 옮기며 곰곰이 생각해 본다. 64년의 삶과 40년의 직장 생활, 나는 선풍기였을까, 에어컨이었을까. 선풍기가 걸맞게 대우받는 세상이 왔으면 좋겠다. 초가을 서늘바람에 선풍기는 잊혀간다.

라파엘 광장의 작은 천사

'라파엘'은 성서에 나오는 대천사大天使의 이름이다.

천주교 신자는 아니지만 '라파엘'이라는 단어가 낯설지 않다. 오랫동안 근무했던 S 대학교병원의 교직원들이 의료 봉사 단체를 지원했는데 단체의 이름이 '라파엘'이기 때문이다. 현재 라파엘 센터는 라파엘 클리닉, 라파엘 인터내셔널, 라파엘 나눔으로 세분되어 국내외에서 의료봉사와 나눔을 활발히 실천하고 있다.

지난 8월 초, 나는 '라파엘 나눔'의 '홈리스 클리닉'을 담당하는 분으로부터 연락을 받았다. 매월 한 번, 홈리스 클리닉의 의료봉사 현장을 사진으로 남겨 달라는 것이었다. 활동 장면을 기록으로 남기기 위한 사진이니 부담을 갖지 말라는 설득에 감사한 마음으로 응했다. 나는 병원을 은퇴한 후 봉사단의 일원이 된 것이다.

'홈리스 클리닉'은 매주 일요일 오후 1시, 명동성당 뒤쪽 과거 계성여고가 있던 자리에서 저소득층, 홈리스를 대상으로 의료봉사를 한다. 봉사단은 자체 직원 몇 명과 각 대학교 봉사단체, 의료기관 봉사팀으로 구성되는데 모두가 성인들이다.

진료 과정은 소란스럽고 때로는 고성이 오가기도 한다. 방문객은 사소한 일에도 화를 참지 못하고 목소리를 높인다. 그러나 봉사자들은 태연하게 맡은 일을 할 뿐이다. 명동성당 뒷마당에서는 험한 일이 일어나지 않으리라는 확신을 가진 듯하다.

10월 셋째 일요일, '홈리스 클리닉'에는 특별한 자원봉사자가 등장했다. N의료원에 근무하는 간호사가 성인으로만 구성된 봉사단에 초등학생 자녀 두 명을 데리고 왔다. 초등학교 6학년과 4학년이다. 어머니의 봉사활동을 아이들에게 직접 보여 주기 위한 것이라고 지레짐작이 되었다. 그러나 오해였다. 어머니는 자녀들에게 봉사단원 옷을 직접 입히고 담당 업무를 설명한 후 예행연습까지 시켰다.

두 자녀의 임무는 예진豫診팀에서 환자가 가야할 진료과를 정해주면, 그 환자를 해당 진료실까지 안내하는 역할이다. 코로나19가 우리의 일상을 삼킨 지 2년 반 동안 지속되고 있어 어른들도 대면접촉을 삼가고 있는데, 마스크와 위생 장갑은 착용했지만 어린 자녀에게 봉사 활동을 체험시키는 어머니의 결단력이 놀라웠다. 천진난만한 꼬마 봉사자는 두 눈을 반짝이며 진료실 이곳저곳을 누볐다. 반짝이는 눈가에는 진지함과 미소가 피어났다. 홈리스 환자에 대한 거부감이 없어서인지 환자들의 팔까지 덥석 부여잡고 이끌어 갔다. 성인 자원봉사자에게서는 쉽사리 보지 못한 장면이 펼쳐졌다.

평소 자원봉사자들에게 '고맙다' 표현에 인색한 환자들. 하지만 어린 두 명의 봉사자에게는 '고마워'를 정겹게 연발했다. 진심이 묻어 있다. 그 순간의 표정은 '홈리스Homeless'가 아닌 '해피니스Happiness'였다. 두 명의 어린이가 평소 어수선하던 진료실에 평온을 가져다주었다. 어린

이는 누구에게나 미움이나 원망 또는 경계의 대상이 아니기 때문이리라. 환자들은 두 아이의 손이 이끄는 대로 오가며 본인의 손자 손녀를 떠 올렸을지도 모르겠다.

라파엘 광장에서 만난 두 명의 자원봉사자는 꼬마 천사들이다. 아이들의 순수함이 어른들의 단단한 경계심을 허물 수 있다는 진리를 새삼 깨달았다. 삼인행 필유아사三人行 必有我師'를 되새긴다. 오늘은 두 아이가 나의 스승이다.

나는 '초딩' 자원봉사자 두 명의 꽁무니를 따라다니며 사진을 찍는다. 카메라 렌즈에는 가을 하늘 같은 파란 마음의 천사들이 환한 미소를 띠고 있다.

일월의 봄

겨울의 끝자락 일월 하순이다. 낮 기온이 영상 10°를 넘었다. 우면산에 개나리만 없지 완연한 봄 날씨다. 오가는 사람들의 걸음걸이가 한층 경쾌하다. 코로나에 지친 우리에게 주는 큰 선물일지도 모른다.

낮 12시. 2층 아파트 거실 깊숙이 화사한 봄 햇살이 가득하다. 따사함이 아지랑이로 피어난다. 베란다와 거실 사이 중문을 열어젖히니 겨울답지 않은 따사한 공기가 너울 파도처럼 문턱을 타고 넘나든다. 봄이 머지않았음을 넌지시 알려 준다.

햇살만으로 봄기운을 만끽하기에는 부족하다. 휴대전화에 연결된 블루투스 스피커가 인간의 목소리로 표현할 수 없는 동굴 같은 저음을 첼로를 통해 내뿜는다. 풍악을 더하니 봄맛이 배가된다.

차이콥스키, 헨델, 멘델스존. 설익은 귀가 호강한다. 즐겨듣는 첼로 선율은 런던에 있는 딸을 소환해서 고맙기도 하고 한편 밉기도 하다. 때 이르게 마실 나온 봄 햇살이 남겨 둔 거실 여백에 첼로 선율이 덧대어 내려앉는다. 클래식 운율의 따스함은, 구들 틈새를 비집고 나와 시골 방 아랫목을 가득 채우던 짚불 연기처럼 무겁지도 가볍지도 않게 거실을 완벽하게 채운다. 햇살과 첼로 음률이 뒤엉켜 사랑의 춤을 춘다. 옅은 쓸쓸함이 묻어 있지만 이 순간은 '나를 위한 행복한 시간'이라는데 주저하지 않는다.

아뿔싸, 음악이 멈췄다. 방송 중간에 삽입되는 상업광고 때문이다. 방해받지 않으려면 '프리미엄' 프로그램을 신청하라는 유혹을 매번 무시해왔다. 최단 거리 도로를 만들어 놓고 통행료를 내라고 하는 것과 같다. 그 사이 집안 가득하던 햇살은 짧은 꼬리만 남긴 채 모습을 감춘다. 중문을 닫자 첼로와 햇살의 화려한 동거는 막을 내린다. 순간 '나만의 행복'도 끝났다.

사십여 년 직장 생활 그리고 은퇴. 60대 중반에야 여유가 주는 오늘의 행복을 누린다. 20년 후에도 오늘같이 살수 있을까.

하고 싶은 말을 글로 옮기며 눈으로 보는 아름다움을 카메라 렌즈에 담으며 살면 분수에 넘치는 사치일까.

그 무엇에도 속박됨 없는 지금처럼, 부족하지만 여유를 누리며 살고 싶다. 그랬으면 좋겠다.

이월 예찬

이월 햇살
철모르고 설친다

손바닥 정원에
커피 한 잔 콧노래 한 소절
책 한 권 펼치니 호사가 판친다

이월 햇살 정겨워
등짝 한쪽 내준다
어깻죽지 아지랑이 피었겠다

이월의 산골바람
열 번에 한 번 봄이 숨어 있다
열 번에 한 번 희망이 담겨 있다

이월도
봄이다

「이월도 봄이다」

이월은
겨울에서 도망쳐 나왔지만
봄축제에 끼지도 못한다

십일월은
가을에 밀려
겨울 앞에서 기웃거린다

이월과 십일월은
시간 지체의 애매한 계절

사돈지간이다

「이월과 십일월」

이월 어느 날 아침, 용인 타운하우스 다락방에서 아내와 책을 읽으며 써본 글이다. 다락방은 난방 시설이 없어 겨울에는 낮에만 이용한다. 추위가 조금 누그러진 이월이 되어 가끔 이른 아침에 따뜻한 물 한잔 들고 다락방 돌침대에 누워 책 읽기와 글쓰기를 즐긴다. 돌침대의 따끈한 열기로 등을 덥히고, 낮은 천장에 머물던 이월의 찬 공기를 들이켜면 머리가 맑아진다. 겨울 티를 채 벗지 못한 이월은 글 읽기 좋은 계절이다. 독서삼여讀書三餘가 여기서 나온 말인지는 모를 일이다.

이월은 애매한 계절이고 존재감이 없는 계절이다. 일월은 한 해의 시작이라 여기저기서 축제도 열어주고 높으신 분들의 신년사도 넘쳐난다. 일반인들도 일 년의 계획을 세우며 1월을 반긴다. 3월에는 봄이 왔다고 꽃소식을 앞다투어 전한다. 일월과 삼월 사이에 낀 세대 같은 이월은 있는 듯 없는 듯 밋밋한 존재다.

이월은 계절적으로 겨울 축에도 끼지 못하고 봄이라고 하기에는 섣부르다. 바람결이 엄동설한의 삭풍은 아니더라도 봄바람은 아직 못 된다. 열 번의 찬바람 속에 겨우 한두 번 순풍이 섞여 있을 뿐이다. 존재감 없는 간절기다. 그래도 이월은 친구가 한 명 있다. 멀리 떨어져 사는 십일월이다. 십일월은 가을에 밀려나고 겨울에도 끼지 못하는 어정쩡한 계절이다. 이월과 십일월은 사촌지간이거나 사돈지간이다.

그러나 이월이 마냥 어정쩡한 계절만은 아니다. 부지런한 사람이 일월에 세웠던 한 해의 계획을 바꿀 수 있는 달이고, 게으른 사람이 십일 개월의 연간 계획을 세울 수 있는 달이다. 출발은 늦었지만, 결승선에 엇비슷하게 도달하기에는 무리가 없다. 이월은 재도전의 기회를 주는 여분의 계절이다.

이월의 들판은 스산하지만 얼어붙은 땅 아래서 봄을 향한 몸부림이 진동하는 계절이다. 마음을 움츠린 내가 이월의 몸부림을 보지 못할 뿐이다. 이월의 아픔 없이 화려한 춘삼월이 있겠는가.

이월은 겨울과 봄을 잇는 징검다리다. 우리 발밑에서 봄을 준비하는 역동의 계절이고 한 해의 목표를 다시 설정할 수 있는 재출발의 시점이다. 허투루 보낼 수 없는 계절이 이월이다.

안경은 애물단지

'안경은 애물단지야'

시력은 탓하지 않고 죄 없는 안경을 타박한다. 며칠 전 사진 전문가와 함께 덕수궁 야간 출사出寫 중에 안경을 쏘아보며 한 말이다.

나는 퇴직 일 년 전부터 틈틈이 사진을 공부했다. 가격이 만만치 않은 장비를 사들이고 알음알음 알게 된 고수에게 미주알고주알 사진 기법을 배웠다. 2022년 1월 퇴직하자마자 사설학원과 문화원 등에서 사진 촬영의 이론과 실제를 체계적으로 배우고 있다.

사진은 가로 2cm, 세로 1.5cm의 좁은 뷰파인더 아이피스Viewfinder Eyepiece를 통해 원하는 피사체를 작가가 의도한 대로 렌즈에 담는 '표현예술'이다. 정확한 초점, 적절한 구도와 적정 노출 등을 맞추는 일은 생각보다 쉽지 않다. 더군다나 결정적인 순간은 숨을 멈추고 카메라의 흔들림을 최소로 해야 한다. 당연히 숨이 가빠진다. 심호흡 두어 번 하고 나면 안경에 뿌옇게 김이 서린다. 카메라에도 같은 상황이 발생한다. 추운 날 안경과 카메라에 뒤덮인 김 서림을 제거하는 것은 성가신 일이지만 피할 수 없다. 방지제를 사용해 보지만 일시적 효과밖에 없다.

나는 2남 2녀 중 유일하게 어릴 때부터 안경을 착용했다. 고등학교 시절 매 학년 안경을 바꿔야 할 정도로 급격히 시력이 나빠졌다. 7살 위 둘째 누나는, '동생은 막내라 제대로 얻어먹지 못해 시력이 나빠졌다'고 농담조 말을 자주 하곤 했다. 교정시력이 0.7, 0.8이다.

안경을 착용하면 불편한 점이 이만저만이 아니다. 여름 장마철에 버스를 타면 안경에 맺힌 수증기로 앞이 보이지 않는다. 버스 안이 오리무중이다. 순간 안경을 벗어야 한다. 우산과 안경을 양손에 들고 서 있으면 차가 흔들릴 때마다 넘어질까 불안하다.

대중목욕탕에 가면 수시로 안경도 같이 목욕해야 한다. 어쩌다가 목욕탕 옷장에 두고 가면 욕실 안에서는 눈뜬장님이 된다.

코로나로 마스크 착용이 의무화된 요즘, 나지막한 뒷산에 올라도 성에를 제거하기 위해 수시로 안경을 닦아야 한다. 안경은 나를 불편하게 하는 존재다.

안경은 영국의 베이컨(Bacon, L.)이 1268년 처음으로 고안했다고 한다. 이보다 앞서 중국에서도 사용했다는 설도 있다. 대체로 13세기 후반 서양에서 본격적으로 사용하였던 것으로 보인다. 우리나라는 선조(재위 기간 1567~1608)가 중신들에게 안경을 하사했다는 기록이 있다. 임진왜란을 전후한 시기에 이미 우리나라에도 전래되었으리라고 짐작된다.

조선 후기 풍속화가 김득신(1754~1822)의 《긍재풍속화첩》 중 〈밀희투전〉에는 4명의 투전꾼이 등장하는데 그중 한 명은 안경을 착용하고 있다. 타짜의 손놀림은 너무 빨라 건강한 시력으로도 눈속임을 간파해 내기가 쉽지 않다. 안경이 없었다면 풍속도 속 안경 낀 남정네는 아예 투전판에 끼지도 못했을 것이다. 어디 투전판뿐이겠는가.

안경이 없었으면 나는 어떤 생활을 하고 있었을까. 교정 전 시력이 0.1, 0.2인 것을 고려하면 정상적인 생활을 할 수 없었을 것이다. 운전도 할 수 없고, 자막이 나오는 외국 영화도 볼 수 없고, 사진 찍는 취미도 애당초 시도하지 못했을 것이다. 아내 눈동자에 맺힌 슬픔도 읽지 못했을 것이 분명하다.

안경은 나에게 애물단지가 아니라 필수 불가결한 존재이다. 큰 고마움을 접어둔 채 그때그때 작은 불편을 이유로 원망하고 구박만 했다. 큰 고마움은 접어두고 작은 불편을 트집 잡는 나는 아직 구상유취 어린애다. 내 주위에서 애꿎게 안경 취급당하는 이들이 또 있는지 살펴봐야 할 나이다.

여섯 병아리의 합창

사회적 거리 두기가 느슨해진 2022년 4월의 마지막 날. 2년 만에 서울 지역에 사는 초등학교 동기생들의 모임을 했다. 여학생 셋 남학생 셋, 짝도 꼼꼼히 맞췄다. 여섯 명은 합천군 대암산 밑의 초등학교를 같이 다닌 동기동창이다.

여섯 병아리가 졸업한 계남초등학교는 1946년 개교하였으나 1999년 폐교되어 문을 닫은 지 23년이 지났다. 폐교 후 졸업생들은 특별한 동창회를 개최해 왔었다. 재학생이 없는 폐교에서 일 년에 하루, 500여 명이 모여 떠들썩한 잔치판을 벌이는 것이다. 매년 4월 두 번째 일요일, 전국에 흩어져 살던 졸업생들이 교정으로 모여든다. 설이나 추석 때보다 더 많은 승용차 때문에 주차난이 생기기도 한다. 행사 전날 읍내 식당에는 얇은 지갑에 목소리만 큰 중늙은이들의 영웅담이 넘쳐나 주막의 낮은 천장이 들썩거릴 정도다. 그동안 코로나로 3년간 개최하지 못했다.

여섯 명의 병아리는 일 년에 한 번 총동창회도 함께 참석하고, 이와 별도로 서울에 있는 친구끼리 분기에 한 번 따로 모임을 하는 사이다.

봄을 시샘하는 햇발 아래, 60대 중반 노란 병아리 여섯 마리가 입담 잔치를 이어 간다. '도다리쑥국'으로 허기를 채우고 청계천 물가에서 바둑판의 흑백 돌처럼 줄지어 앉아 주고받는 입담이 정오부터 세 시간이 지나도록 지친 기색이 없다. 입방아 찧기는 암평아리가 최고다. 셋의 입꼬리가 약속이나 한 것처럼 박자를 맞춘다. 눈빛도 반짝인다. 꽃샘바람 스며드는 봄날에 돌담을 등지고 윤슬을 보듯 모양새가 정겹다. 수평아리는 가끔 엇박자 추임새로 분위기를 돋울 뿐이다. 태생적 한계다. 나도 그중 한 명이다.

무리 중에 초등학교 시절의 사건을 알알이 기억하는 유

지인이 야무진 경상도 억양으로 민감한 과거사를 거론했다.

"한겨울 교실 난로에 땔감이 없어 교과서와 공책을 싸던 보자기로 뒷산에서 삭다리, 솔방울, 관솔을 해 오던 거 생각나나?" 동시에 너 나 할 것 없이 고개를 끄덕였다. 공부 잘했던 정윤희가 기회를 놓치지 않고 맞장구쳤다.

"그걸 어떻게 잇노? 나무를 하다가 재수 없어 산지기에게 걸리기라도 하면 나무는 말할 것도 없고 보자기까지 빼앗긴 친구도 있었어." 대화는 깊이와 너비를 더했다.

대화의 주도권을 빼앗겨 기회를 엿보던 장미희가 이야깃거리를 돌밭 운동장으로 끌고 갔다.

"책보자기는 책가방 역할 뿐만 아니라 나무할 때는 바지게를 대신하고 운동장에서 자갈 주워 버릴 때는 소쿠리를 대신했잖아. 약방의 감초였지."

드디어 수평아리 김병헌이 처음으로 한마디 가세했다.

"어디 그뿐이겠나? 발통이 여섯 개 달린 육발이 트럭이 운동장 이곳저곳에 모래를 내려놓으면 공부는 뒷전, 책보자기 들고 나가서 운동장 구석구석 골고루 뿌렸지. 모래 살포기 역할도 마다하지 않았어. 책보자기는 만병통치약이었지."

싱겁이 한석규가 얼굴을 찡그리며 물었다.

"우리 동기가 몇 명이었노? 한 학년은 무조건 두 반이었고, 두 반 합치면 대강 130명은 됐겠제?"

말이 끝나기도 전에 유지태가 발끈했다.

"무슨 소리! 1학년 때 내 출석 번호가 82번이었다. 내 뒤에도 번호가 있었으니 한 반이 85명 정도는 됐어. 두 명이 앉아서 공부해야 하는 책상에 세 명의 조무래기가 같이 앉아 공부했잖아! 고학년이 되면서 몇 명이 도시로 전학을 갔지만 졸업생은 대충 150명은 넘었을 거야."

예나 지금이나 말수가 적은 유오성이 머리를 긁적이며 다시 대화에 끼어들었다.

"나는 병헌이랑 6년 동안 같은 반을 했어. 매 학년 올라갈 때, 반 편성을 왜 다시 안 했는지 모르겠어."

과거사에 정통한 유지인이 냅다 기자회견을 하듯 답했다.

"1~3학년 때까지는 남학생은 모두 1반에, 여학생은 2반에 편성됐지. 4학년 때 남녀공학 반으로 편성했고. 6년 동안 반의 재편성은 4학년 때 딱 한 번이었어. 선생님 처지에서는 무지 편하셨겠지." 지인이는 대본을 읽는 변사처럼 50년이 더 된 역사를 어제 일처럼 쏟아 냈다.

병아리들의 봄나들이는 쉬이 끝날 기미를 보이지 않았다. 졸고 있던 수평아리들이 슬슬 개구멍으로 하나둘 자리를 뜨고도 암평아리들은 2시간이 지나고서야 각자의 둥지로 향했다고 한다. 단체 대화방에 마지막 문자는 "반가웠어. 못다 한 이야기는 다음에 또 하자."였다.

2년 이상 코로나 재앙에 갇혀 살아오면서 오죽 답답했을까? 답답했던 소찌거리를 풀어 젖혔으니 5시간도 부족했을 것이다. 다음 달부터는 자유로운 일상으로 복귀가 기대된다. '자유로운 만남'이라는 평범한 일상이 금지된 지난 2년은 너, 나 할 것 없이 경제적으로 정서적으로 암울한 시대를 보냈다. 다시는 이런 재앙이 오지 않기를 간절히 바랄 뿐이다.

용인문화원과 마이산 508계단

'박상용 님, 접수되었습니다'

컴퓨터 모니터에 게시된 팝업창을 보고서야 안도의 한숨을 내쉬었다. 지난달은 5분 만에 접수가 마감되더니 이번 달은 2분도 채 안 되어 '접수 마감'이라는 안내문이 뜬다. 치열한 경쟁 속에 사는 것은 은퇴 후에도 매한가지다.

용인문화원이 운영하는 '전국역사문화기행' 프로그램의 접수와 관련된 이야기다. 4개월 전, 나는 서울을 떠나 용인시 처인구로 이사한 은퇴자다. 서울에 거주할 때부터 남는 시간을 메꾸기 위해 구청과 대학에서 운영하는 문화원, 평생교육원 교육과정을 적극적으로 찾아 다녔다. 그중 하나가 수필 반이었다. 용인으로 이사하기 전부터 처인구청 관련 사이트에서 글쓰기 과정이 있는지를 훑었지만 발견하지 못했다. 적잖게 실망했다.

'역시 서울과 지방은 다른 게 많네'

용인특례시를 평가 절하하는 무례를 범하기도 했다. 실망감에서 이리저리 홈페이지를 검색하던 중 용인문화원에서 주관하는 '전국역사문화기행'을 보고 눈이 번쩍 띄었다. 송사리 한 마리를 놓치고 월척 두 마리가 동시에 걸려든 기분이었다.

사이트에는 연간 일정이 공지되어 있고, 신청 절차, 대상, 참가비가 자세히 안내되어 있다. 놀라운 것은 프로그램의 역사였다. 2008년부터 시작해서 15년 동안 월 1회, 총 150회를 진행해 온 것이다. KBS에 '전국노래자랑'이 있다면 용인시에는 '전국역사문화기행'이 있는 셈이다.

매월 1일은 온라인으로 프로그램 참가 신청하는 날이다. 나는 3번 도전하여 2번 성공한 IT 능력자다. 두 번째 기행을 떠나는 날 경전철 용인시청역에 도착하니 이미 진행자들이 죽마고우 맞이하듯 반갑게 인사를 건넨다. 문화원 사무국장, 프로그램 담당자, 문화원 신임 원장이다.

150회 목적지는 일억 년의 신비, '진안 마이산'이다. 아침 7시에 출발한다. 대부분이 초면이어서 어색함이 깔린 버스 안, 프로그램 개척자이자 기획자인 학술원 사무국장이 마이산 특강에 열을 내뿜는다. 지식은 고등학교 지학 선생님을 능가하고 진행 솜씨는 작고하신 송해 선생님과 맞먹는다. 마이산의 계절별 이름인 돛대봉, 용각산, 마이봉, 문필봉도 알았다. 퇴적암, 역암도 배우고 암석이 풍화작용을 받아 표면에 형성되는 요형凹型 형태 – 타포니(풍화혈, Tafoni)도 꼼꼼히 메모해 둔다. 지질학 현장 학습 분위기다.

마이산은 암수 두 봉이 마주 보고 있다. 암마이봉은 687m, 수마이봉보다 6m 높다. 북부 주차장에서 두 봉 사이 쉼터까지는 508계단이다. 그러나 쉼터에서 암마이봉까지는 계단이 몇 개인지 아무도 알려 주지 않는다. 가파른 철제 계단과 바윗길의 연속이다. 나는 무모한 도전으로 허약한 다리 근육을 확인했다. 암마이산 정상 도전으로 체력은 이미 고갈되어 하산길에 만난 은수사, 금당사는 먼

발치에서 삼배만 던지고 식당으로 향한다. 산행의 백미는 하산주 한잔에 있다. 한 사발 탁주가 허약한 다리 근육을 도닥인다. 용담댐, 운일암, 반일암을 거쳐 용인으로 돌아오니 해가 저물었다. 아침 7시에 출발한 하루의 여정이 저녁 7시에 끝났다. 옆 좌석에 앉아 12시간을 같이 보낸 포항제철 퇴직자분과 어깨가 맞닿아도 서로 피하지 않는 친구가 되어 있었다.

우리는 출산율 절벽, 초고령사회, 삼포세대, 헬조선 등 암담한 용어를 매일 접하고 산다. 출산율은 매년 곤두박질이고 대한민국 국적 포기자도 증가하고 있다. 2022년 UN 세계행복보고서에 따르면 삶의 만족도는 OECD 평균에도 미치지 못한다. 그뿐인가. 지방 소멸의 시대가 눈앞에 와 있다. 국가와 지방자치 단체가 인구 정책에 사활을 걸어야 할 때다. 지방의료원에 전문의 모시기는 풀기 어려운 숙제다. 문화적 인프라 부족이 기피 이유의 하나라고 한다.

이러한 관점에서 용인문화원의 15년 장수 프로그램 '전국역사문화기행'은 시사하는 바가 크다. 서울 등 기초자치

단체 문화원에서 쉽사리 만날 수 없는 특화된 교양, 문화, 화합 프로그램이다. 하루의 기행을 마치게 되면 한국사와 용인의 역사를 은연중에 알게 해 준다. 참가자의 상당 부분은 서울 또는 다른 지역에서 용인으로 이주한 시니어들이다. 좁은 관광버스 안에서 용인의 터줏대감과 외지인의 융화가 자연스럽게 이뤄진다.

하나의 특화된 프로그램이 시민들의 호응을 끌어낼 뿐만 아니라, 용인을 풍성한 자치단체로 만들고 있음이 분명하다. 나는 짧은 하루의 일정에서 용인과 더 가까워지고 이웃과 친밀해졌다. 용인문화원과 용인시의 일관된 정책에 찬사를 보낸다.

'다음 달 인터넷 접수는 몇 분 만에 접수 마감 공지가 뜰까?'

'나는 접수에 성공할 수 있을까?'

이발소의 부활을 기대한다

　며칠 전 '60년 전통 칠곡 왜관, 다정이발소가 역사 속으로 사라진다'라는 신문 기사를 읽었다. 내가 사는 동네를 살펴봐도 미용업소는 눈만 돌리면 다닥다닥 붙어있는데 이발업소의 상징 '삼색 회전등'은 찾기가 쉽지 않다.

　어린 시절 시골에선 마을마다 이발소가 한 곳씩 있었다. 두어 달에 한 번씩은 할머니 손에 끌려 바리캉bariquant 이발을 했다. 성인용 의자가 너무 높아 의자 팔걸이에 빨래판을 걸쳐놓고 그 위에 앉아, 벌을 받듯 차렷 자세로 머리를 깎았다. 조금 졸기라도 하면 이발사의 헛기침에 이어 뒤통수에 가차 없이 꿀밤을 맞았던 기억이 생생하다. 성인이 된 후, 직장 내 이발소에서 몇 번 머리를 깎은 기억이 있을 뿐 마지막 출입이 언제였는지 기억나지 않는다.

우리나라 이발소의 역사는 짧다. '신체발부 수지부모'의 가르침으로 보면 머리카락을 자르는 행위는 불효다. 이발사가 필요하지도 않았을 것이다. 한국학중앙연구원 자료를 보면, 1895년 단발령이 내려진 뒤, 정3품 안종호 대감이 고종의 머리카락을 잘랐다고 한다. 한국인 최초의 이발사인 셈이다. 그는 1905년 무렵, 청진동 인근에 '최신이발관'을 개업했는데 우리나라 최초의 이발업소이다. 117년 전 일이다.

이에 반해 서양의 이발소 역사는 길다. 국립민속박물관 자료에 의하면, 서양의 이발소는 단순히 이발뿐만 아니라 외과병원의 기능을 같이 수행했다고 한다. 이발소의 상징인 삼색등 – 빨강, 파랑, 흰색은 의료와 관련이 있다. 빨강은 동맥을, 파랑은 정맥을, 흰색은 붕대를 상징한다. 삼색등의 시초는 1540년 프랑스 파리에서 시작되었다. 482년 전이다. 18세기 프랑스 사람 장 바버Jean barber는 1804년에 의료의 기능을 하지 않는 오늘날과 같이 머리만 깎는

이발관을 개업했다. 그의 이름을 딴 바버 숍barbershop은
이발관을 나타내는 영문 표기가 되었다. 218년 전 일이다.

1970년대 말 내가 사회 초년생 시절, 종로 일대 길거리
에 삼색등이 어지럽게 24시간 바람개비처럼 돌았다. 이발
소가 넘쳐났다. 1975년 이발소는 29,753개소, 미용실은
16,330개소였다. 그런데 어느 날부터 이발소는 급격히 자
취를 감춰가고 있었다. 통계청 '서비스업조사 보고서'에 따
르면 2021년 이발소는 14,077곳, 미용실 110,646곳이었
다. 46년 동안, 미용실이 약 6.8배 증가한 반면 이발소는
오히려 반으로 줄었다. 2021년에 개업한 이발소는 794곳,
미용실은 6,505곳이다. 통계를 무시하더라도 주변에 이발
소를 찾기가 쉽지 않다. 많았던 '삼색 회전등'은 어디로 자
취를 감춘 것일까. 이용업자의 능력이 부족한 것인지 고객
의 집단 변심인지는 불분명하다. 아마도 둘 다 원인이 될
수 있을 것이다.

이발소는 실내가 어두컴컴하다. 면도기를 든 이발사가
무섭기도 하고 친근감도 미용업소보다 확 떨어진다. 손님
의 취향보다, 대체로 이용사의 고집대로 머리를 깎는다.

게다가 위생적이지 못하다. 이 사람 저 사람이 같이 사용하는 면도기, 비누통 붓의 재사용, 머리털개의 지저분함 등.

이발소의 쇠퇴 원인은 또 다른 곳에서도 찾을 수 있다. 어느 날 생소하게도 이발소에 면도만 전문으로 하는 여성이 등장했다. 동시에 불법 퇴폐이발소가 우후죽순처럼 뒷골목에 출현했다. 경찰이 불법 업소를 단속하는 볼썽사나운 장면이 TV에 넘쳐났다. 이발소를 이용하는 남성은 성범죄자로 낙인찍히고도 남을 세태였다. 통계를 보나, 주변을 둘러봐도 이발업은 사양길이 분명하다. 마치 양복점, 양장점이 우리 주변에서 자취를 감추고 있듯이.

변화는 반길 일이다. 그러나 변화로 과거의 흔적이 사라지는 것은 유쾌한 일만은 아니다. 추억의 한 장면이 완전히 지워지는 것은 오히려 슬픈 일이다. 쾌적함과 함께 과거의 정취가 있고, 당당하게 드나들 수 있는 이발소의 부활을 기다리는 이유이다.

다행히 최근 몇 년 사이에 맨스그루밍men's grooming과 복고 열풍에 힘입어 트렌디한 바버숍들이 홍대, 용산, 강남을 중심으로 세를 넓히고 있다는 인쇄매체의 보도가 있었다.

머지않아 방배동에서 이발 의자를 180도 뒤로 눕힌 채, 이용사의 손맛을 턱으로 느끼며, 비누 거품으로 얼굴을 덮고 면도를 즐기고 싶다. 몇 올 안 되는 수염이 피부에서 사각사각 떨어져 나가는 소리는 상상만 해도 짜릿함을 준다. 화들짝 놀랄 만큼 뜨거운 수건을 얼굴에 덮고 낮잠 한숨을 자는 상상을 해 본다. 이발소 특유의 비누 거품이 내뿜는 향이 그립다. 세련된 이발소의 부활을 기대한다.

나의 터미네이터

    기다리던 은퇴, 막상 하고 나니 다음 날부터 일상생활에서 어려운 일을 만나게 된다. 재직 중에는 능숙하게 처리했던 온라인상의 소소한 일들도 퇴직 후에는 기계들까지 은퇴자를 얕보는지 쉽게 해결되지 않는 경우가 많다. 자생력을 미리 기르라고 주문했던 아내의 잔소리는 선견지명이었음을 뒤늦게 알았다.

    퇴직하자마자 기다렸다는 듯이 3년 전에 A 은행으로부터 발급받은 'OTP(One-Time Password, 일회용비밀번호) 생성기'를 교체하라는 문자를 몇 번이나 받았다. 부득이 A 은행을 방문하여 대면 창구에서 어려움 없이 OTP 교체하는 일을 마쳤다.

'별것 아니었군. 역시 얼굴을 마주 보고 일을 해야 생산성이 높아…' 의기양양하게 집으로 돌아왔더니 또 다른 문제가 발생했다. B, C 은행의 온라인상 금융거래가 이뤄지지 않았다. 'OTP가 폐기되어 거래할 수 없습니다'라는 안내문이 나의 심기를 뒤흔들었다. 주거래 A 은행에서 OTP를 재발급받으면, 타 은행에서도 등록을 다시 해야 하는데 후속 절차를 이행하라는 뜻이다. 퇴직하면 '모든 문제를 스스로 해결하자'라는 철칙을 지키기 위해 안경을 벗어 던지고 핸드폰과 오랫동안 씨름했다. 그러나 나의 지혜로는 해결되지 않는다. 재직 중에 유사한 일들을 도맡아 해결해 주던 키가 큰 직원이 매우 그립다.

바깥 날씨 영하 6℃. 직접 은행 창구로 가는 수밖에 없다. 능력이 부족하면 몸이 고생하는 것은 당연지사다. 아내는 이런 것을 '몸테크'라고 했다. B, C 은행으로 가기 위해 툴툴대며 집을 나설 때, 아내가 '은행 입구에 근무하는 젊은 보안요원이 이런 문제에는 해결사야'라고 생색내며 귀띔해준다.

B 은행의 문 앞, 대기 번호를 뽑기도 전에 아내가 말했던 스마트한 보안요원이 넘치도록 친절하게 방문한 용건을 묻는다. 여차저차 어려움을 설명하니 본인과 다시 해 보자고 제안한다. 내 핸드폰 위에서 청년의 손가락이 달궈진 솥뚜껑 위에서 콩이 튀듯 잽싸게 움직인다. 3분도 채 안 되어 B 은행의 OTP 재등록을 마쳤다. 나의 무능함에 얼굴이 화끈거린다. 재빨리 감탄사로 인사를 남기고, 마지막 C 은행으로 몇 걸음 옮기다가 번쩍 꾀가 났다. '저 스마트한 청년이 C 은행까지 해결해 줄 수 있지 않을까? 발걸음을 B 은행으로 되돌렸다. C 은행 계좌를 핸드폰에서 열어 주니 1분도 지나지 않아 문제가 말끔히 해결되었다. B 은행 보안요원은 어제 퇴직한 나를 위한 맞춤형 해결사다. 소위 말하는 트러블 슈터trouble shooter이자 나를 위한 터미네이터Terminator였다.

우리는 하루에도 다양한 사람을 만난다. 직장 선후배, 동창생, 주민센터 직원, 은행 정규직원, 운전기사, 성직자 등 모두 중요한 사회 구성원이다. 한기가 도는 은행 출입구에 볼품없는 책상 하나 덩그러니 내다 놓고 방문객의 어려움을 도와주는 '젊은 보안요원'이 오늘 나에게 가장 소중한 사람이었다. 마음으로부터 고맙다는 울림이 한동안 계속된다. 방과 후 어린이 돌봄 서비스가 있듯이 시니어를 위한 IT 도우미는 왜 없을까. 1월 초순 날씨가 포근하다.

예순네 번째 가을

시월의 여덟 번째 날

가을 햇발이 화롯불처럼 따갑습니다

마른 들판에 잠자던 콩이

탁하며 껍질을 뚫고 튀쳐나옵니다

좁은 베란다에 앉아

커피 한 잔과 진한 사랑을 나눕니다

손닿을 거리에 서 있는 모과 잎이

윤슬처럼 반짝이다 서늘바람 타고 넙죽 큰절합니다

봄바람이 해맑은 웃음이라면

갈바람은 자비로운 미소입니다

시월의 아홉 번째 날
가을비 소리가 예술입니다
책 한 권 읽은 사람은 모두 시인이 되었습니다.
좁은 베란다에 앉아
책 한 권과 은밀한 사랑을 나눕니다
한 아름 거리에 서 있는 모과나무가
실비에 놀라 아침잠 설친 채 꾸벅 인사합니다
봄비가 등굣길이라면 가을비는 하굣길입니다

예순네 번째 가을
황금빛 축제와 빈 객석의 허탈감이
공존하는 계절을 걷습니다
찬란한 햇빛이 휘어진 등을 쓰다듬어 줍니다
위로주 같은 빗물이
처진 어깨 위에 쌓인 먼지를 닦아내 줍니다
가을이 길었으면 좋겠습니다
다가올 겨울이 서먹하지 않도록

두 명의 주례와 P 학예사

2023년 4월, 서울에서 용인으로 이사한 후 처음 맞는 봄이다.

형형색색의 꽃이 넘쳐 눈 둘 곳을 찾기 어렵던 차에 반가운 이로부터 전화가 왔다. 나와 같은 병원에서 근무하다가 사직하고 2009년 6월부터 국립민속박물관에 근무하고 있는 P 학예사였다.

P는 국립안동대학교에서 민속학을 전공하고 1999년 5월 S 병원의 의학박물관 학예사로 입사하였다. P 학예사와의 인연은 2001년 내가 박물관 행정업무를 지원하는 같은 병원 홍보팀장을 맡으면서 시작되었다.

"축하합니다. 부장님, 다음은 후배들에게 무엇을 보여주실 건가요?"

내가 수필가로 등단했다는 소식을 듣고 축하와 함께 나의 다음 행보를 묻는 것이다. 성격 급한 것은 예나 지금이나 변함이 없다. P와 찰진 인연에 4월의 꽃향기까지 더하니 정신까지 아찔해진다.

P 학예사는 본인의 결혼식에 두 명의 주례를 모셨던 주인공이다. 2003년 4월, 강남의 어느 예식장. 주례는 K 전 장관이었다. K 장관은 S 대학교 의대학장, 병원장, 문교부 장관, 보건사회부 장관, 환경처 장관을 지낸 거물이다.

평소 30분 전에는 예식장에 도착하시던 분이 결혼식 10분 전에도 모습을 보이지 않았다. 불안감이 일었지만, 어디쯤 오고 있는지 확인 전화를 하기도 버거운 상대였다. 참다못해 전화했지만 받지도 않았다. 부득이 내가 알고 지내던 K 장관의 조카에게 연락해 두는 게 최선이었다.

난리가 난 것은 신부인 P 학예사였다. P와 인연으로 주례를 맡게 되었기 때문이다. K 장관은 의사이면서 의학사 醫學史에 관심이 지대했다. 의학박물관에 수시로 들렀고 의

학사 세미나에도 빠짐없이 참석했다. 자연히 P 학예사를 알게 되었다. P가 미혼인 걸 알고 결혼할 때 주례를 서겠노라고 K 장관 스스로 자청한 것이었다. 안절부절못하기는 신부의 부모도 마찬가지였다. 사돈댁 보기에 민망함이 이만저만이 아니었을 것이다. 하객들도 결혼식이 지연되자 웅성거리기 시작했다.

주례 없이 결혼식을 하던 시절이 아니었다. 대타가 필요했다. 결혼식에 참석한 하객 중에서 신부를 알고 나이와 사회적 지위가 있는 분을 찾아야 했다. 결국 신부와 같은 병원에 근무하던 L 행정처장으로 결정되었다. L 처장은 주례 단상에 서본 경험이 없었다. 본인의 소신에 따라 주례 요청을 수없이 거절해 오던 터였다. 그러나 L은 소신을 꺾었다. 소신 때문에 소속 직원 – 신부의 곤경을 외면할 수 없었다.

주례 단상에 처음으로 오른 L 처장. 대리로 주례를 서게 된 배경을 설명하고 성혼 서약을 마쳐갈 무렵, 식장 출입구에 서 있던 하객들이 소란스러웠다. K 장관이 허겁지겁 나타났다. 넥타이를 매지 않은 평상의 외출복 차림이었다. 결혼식 날짜를 착각한 것이었다. 주례는 당연히 교체되었다. 당시 80세였던 K 장관의 주례사는 여전히 우렁찼다. 주례사 끝머리에 K 장관은 '80년 인생, 가장 큰 실수였다'고 밝히며 양가 혼주에게 90도로 깍듯한 예를 갖췄다. K 장관이 그런 모습을 본 것은 처음이자 마지막이었다.

우렁찬 K 장관의 주례사 덕분이었을까. P 학예사는 2009년, 안정된 직장 S 병원에 과감하게 사표를 던지고 더 넓은 세상에 도전장을 던졌다. 그 해 6월 당당하게 국립민속박물관에 합격하여 지금까지 학예사로 근무하고 있다.

P는 태생적으로 도전을 좋아했던 사람이었다. S 병원에는 매월 한 번씩 300여 명 간부를 대상으로 정례회의를 하는데, 외부에서 강사를 초청했다. 가수 윤형주, 여행가 한비야, 야구인 하일성, 거문고 장인 이병기 등 사회 저명인사다. P는 일반 직원으로서 '病院史'를 주제로 정례회의에서 강의한 첫 사례로 기억에 남아 있다.

몇 년 전, 아들이 전주에 있는 특목고로 진학하자 과감하게 본인의 근무지를 국립전주박물관으로 옮겼다. 누구나 할 수 있는 일은 아닐 것이다. 2023년 1월, 아들의 대학 진학 후 서울로 복귀했다. 맹모삼천지교의 실천이다. 지난해 학예연구관 역량평가를 통과하여 보직 발령을 기다리고 있다. 당찬 후배 중 한 명이다.

머지않아 P 학예사의 또 다른 전화를 받고 싶다.

"부장님, P 학예사입니다. 드디어 학예연구관 보직을 받았습니다. 그리고 오래전, 부장님께서 저에게 조언하셨던 박사과정을 시작하기로 했습니다."

야생화 농장과 정 팀장

2021년 3월, 종로에서 직장 5년 후배인 정 팀장과 저녁을 함께했다. 그가 명예퇴직을 한다는 소식을 듣고 내가 주선한 두 사람만의 자리였다. 삼십여 년을 같은 직장에서 근무했고 인사팀에서 함께 일하기도 했다. 그의 하얀 피부색과 동글동글한 얼굴이 50대 후반으로 느껴지지 않았다. 곱게 가꾸어진 행정가의 전형적인 외형이다. 그런 후배가 야생화 경작을 위해 명예퇴직을 신청했다는 말에 적잖게 놀랐다. 둘만의 만남 이후 1년여가 훌쩍 지나갔다.

2022년 7월, 정 팀장의 초청으로 야생화밭 '진우농원'

을 아내와 함께 방문했다. 긴 장화와 챙 넓은 밀짚모자를 깊숙이 눌러 쓴 그의 모습에는 일 년 전 온실 안 화초 같은 모습은 온데간데없다. 땅의 열기로 달구어진 구릿빛 얼굴의 농부가 앞에 서 있다.

50대 직장인들은 '오래 버티는 자가 승리자'라는 말을 가슴에 새기며 한 달이라도 더 버티다가 은퇴하고 싶어 한다. 그런데도 그는 3여 년을 앞당겨 퇴직했다. 동시에 퇴직금으로 농지 700평을 매입했다. 흔치 않은 도전을 흔쾌히 받아 준 정 팀장 아내의 용기가 대단하다. 직장 동료들은 조기 퇴직에 놀랐고 농지매입은 무모한 도전이라고 수군거렸던 것도 사실이다. 그러나 그의 선택은 무모한 것이 아니고 꿈을 실천하는 무대를 마련한 것이었다.

20년 전부터 그는 농사꾼에 대한 꿈을 차근차근 준비해 왔다.

2002년 2월, 신혼 초부터 거주하던 빌라를 과감하게 정리하고 몇 뼘 텃밭이 있는 단독주택으로 옮겼다. 출퇴근 거리가 멀어졌지만, 꿈과 거리를 좁혀가는 긴 여정의 시작이었다. 몇 평 흙에서 땀으로 얻어진 채소는 본인과 친인

척 밥상에 배급되었다. 텃밭은 영농에 대한 출발 신호에 불과했다. 영농 경험과 기술의 부족을 느낀 직장인 겸 예비 농부는 2010년 방송통신대학교 농학과에 입학하여, 농업의 철학과 영농법을 제대로 배워 나갔다. 욕심은 또 다른 야욕을 낳는 법. 배움을 실험하기에 손바닥 크기의 텃밭은 감질이 났다. 2013년, 구청이 주관한 도농都農 지원프로그램에 가입하여 뜻을 같이하는 10여 명과 '도농원'이라는 모임을 결성하고 고양시 화전 인근에 밭 3,000평을 공동 임대하였다. 각자 경작하고 싶은 작물을 자신만의 방법으로 실험하기 시작한 것이다. 정 팀장이 도전한 작물은 '야생화'였다. 서로의 실패담과 성공담을 주고받으며 9년의 세월을 보냈다. 직장 동료들이 주말 골프를 즐길 때 정 팀장 부부는 흙냄새 속에서 야생화의 꽃씨를 발아시키고 있었던 셈이다.

삼라만상에 원인 없는 결과가 있던가. 우리가 방문한 700평 농원에는 야생화와 잡초가 한바탕 막춤을 추고 있었다. 나에게는 이름도 생소한 금화규, 홍화, 수레국화, 왕고들빼기, 소래풀, 부지깽이나물, 명이나물이 넘쳐난다. 농약과 화학 비료를 사용하지 않으니 잡초도 벌레도 같이 놀고 가끔 뱀도 마실 나온다. 다만 부부간의 영농 철학이 달라 밭의 생김새도 사뭇 다르다. 깔끔한 곳은 부인이 관리하는 구역이다. 잡풀이 무성한 곳은 정 팀장의 관리 구역이다. 정 팀장의 밭은 야생화와 잡풀의 키가 엇비슷하다. 잡초가 야생화의 키에 미칠 때까지 참았다가 나중에 뽑는다. 그의 영농 철학이다. 그러다 보니 꽃의 때깔이나 모양새가 화원에서 보는 것에 비하면 부실하다. 그러나 화초의 내면은 더 건강할 것이라고 확신한다. 농부의 고집과 집념의 향기를 보는 듯하다.

농원 모퉁이에 있는 평상 위에 배달된 갈비탕을 놓고 마주 앉았다. 무릉도원이 따로 없다. 산골 갈비탕이 뭇 화초의 향내와 뒤엉켜 침샘을 자극한다.

"형님, 그래도 우리 농장은 짜장면까지 배달이 가능한 도심에 자리 잡고 있습니다"라고 너스레를 떤다. 그는 서울에서 2일, 가평 농원에서 5일을 보낸다. 부인은 반대로 주중 5일은 서울, 주말 2일은 가평에서 머문다. 정 팀장 내외는 운전면허증이 없다. 평생 두 발로 걷기를 즐기는 '뚜벅이'였다는 사실에 구석기인을 만난 듯 신기하다. 서울에서 가평 농원까지 기차와 버스를 이용하고 마지막 산길은 걸어서 온다. 부인도 예외는 아니라고 하니 천생연분이다.

"일찍 퇴직한 거 후회하지 않나요?"

떠나기 전 나의 옆지기가 그에게 물었다.

"아이고~ 형수님, 몇 년 더 빨리했어야 진정한 야생화꾼이 될 수 있었는데 아쉬울 뿐입니다. 형님, 막걸리 생각나면 언제든지 오십시오." 걸걸한 농부의 목소리로 그가 답한다.

두 딸의 이름을 따서 지었다는 '진우농원'을 떠날 때, 우리 차가 멀어질 때까지 정 팀장은 흙 묻은 손을 흔들며 서 있었다. 그의 모습에는 단단한 행복이 배어 있었다.

돌아오는 길, 아내는 신문지에 정성스레 싸 준 야생화 씨앗을 만지작거린다. 은퇴 후의 행복은 다양한 조건이 갖춰질 때 가능하다. 그러나 퇴직 후의 행복은 미리 준비한 사람에게만 주어지는 선물이며 축복이다.

모나리자와 P 도슨트

2023년 4월 은평구 소재 도서관.

서양미술사 강의를 듣기 위해 30여 명이 모였다. 대부분 40대 여성이고 군데군데 어린이도 끼어 있다. 강의 주제는 레오나르도 다빈치의 '모나리자'다.

"여러분! 모나리자는 미완성 작품이라고 말하는 사람도 있습니다. 왜 그럴까요?

눈썹을 안 그려서 그런 거 아닐까요. 다들 그렇게 알고 계시는데, 당시 그려진 여성 초상화들을 한 번 보시죠.

수강생들이 놀라움의 탄성을 내뱉는다. 그렇습니다. 지금이야

짙은 눈썹을 선호해서 숯검정 같은 문신을 새기기도 하지만, 르네상스 시대에는 넓은 이마가 미인의 조건이었습니다.

그래서 잘생긴 눈썹을 확 밀어버리고, 앞머리도 쫙 밀어 올리고…. 모나리자에 관한 대표적인 오햅니다.

여러분! 모나리자에 도입된 회화 기법의 특징이 무엇인지 아십니까? 모나리자는 사물을 정면이나 옆면이 아닌 대각선에서 바라보며 그리는 콘트라포스토, 선원근법이 아닌 대기원근법, 색과 색 사이를 부드럽게 처리하는 스푸마토 기법을 도입한 최초의 초상화입니다."

좁은 강당에 도슨트 P의 강의 열기가 넘친다.

P는 그림과 관련이 없던 사람이었다. 전공은 문헌정보학이고 미술 관련 일을 해 본 경험도 없다. S 병원에서 행정직으로 28여 년을 근무하고 있는 평범한 샐러리맨이다. 그런데도 P는 코로나19가 유행하기 전, 주말과 퇴근 이후의 시간을 이용하여 월 12회 외부 강의를 했던 인기 '그림 해설가'다.

내가 아랍에미리트에 파견 근무를 하고 있을 때, P가 서양미술을 독학한다는 소식을 들었다. P는 S 병원 홍보팀에서 6년을 나와 같이 근무한 인연이 있어, 서로 다른 부서에서 일할 때도 연락을 주고받는 사이였다. 서양미술 공부를 하게 된 계기를 묻자 사내 사이버 강의로 들었던 '유럽 미술관 순례'에 매료되었다고 했다. P는 첫 과제로 3년간 서양미술 관련 서적 1,000권 읽기로 정했다. 독서의 목적이 무엇인지 물었지만 '뭐, 가보면 길이 있겠지요' 했을 뿐이다. 미적지근한 답이 전부였다. 평소 근무 끝난 후 친구와 어울리기를 즐기고 술을 좋아했던 P, 가능한 일일까 하는 의구심마저 들었다.

그런데 P에게는 내가 모르는 독한 구석이 있었다. 2015년 5월부터 2018년 5월까지 3년을 책 속에 파묻혀 있었다. 줄잡아 1일 1권이다. 주말에는 아내가 준비해 준 도시락 두 개를 들고 도서관에서 살았다. 미술사 관련 책뿐만 아니라 그리스·로마 신화, 성경, 유럽 역사, 문학, 철학 등의 책을 닥치는 대로 읽었다. 결국 약속대로 3년간 1,000권의 서양사 책을 읽어냈다. 내친김에 2015년에 한국사립미술관협회의 도슨트 과정까지 마쳤다.

P는 책 속에서 만나는 미지근한 서양화 지식만으로는 만족할 수 없었다. 병원에 3개월간 휴직을 받았다. 병원에 자기 계발 휴직 규정이 신설된 이후 행정직으로서 두 번째 승인된 휴직 사례였다. P는 2018년 5월부터 3개월간, 유럽 12개국의 갤러리 60곳을 샅샅이 뒤졌다. 그림을 눈으로 보는 게 아니라 마음으로, 온몸으로 느끼고 돌아온 것이다.

내가 S 병원에서 정년퇴직한 두어 달 후, P씨가 우편물을 보내왔다. 책이었다. 『유럽미술여행』(2019.2.11. P 지음)이 동봉되어 있었다. '주문자 출판 도서'였지만 놀라운 일이었다. 그의 도전은 멈추지 않았다. 미술 소설 『영달동 미술관』(2020.10.15. P 외 1, 공저), 『B급 세계사 3 : 시양미술편』(2021.10.22. P 지음)을 연이어 보내왔다. 서양미술 관련 책 3권을 2년 사이에 출간한 것이다. S병원 행정직 중 첫 사례다. 그의 도전과 개척 정신이 새삼 신선하다. 삼인행 필유아사三人行 必有我師 고사성어를 되새기게 된다.

그러나 도슨트 P의 첫 강의는 초라했다. 2017년 8월 어느 화요일 점심시간, S 병원 강당에 겨우 10여 명의 직원이 모였다. 평범한 직원, 퇴근 이후 시간을 더 즐기던 직원이 서양미술 강의를 한다고 하니, 그나마 궁금증이 이들의 발길을 끌었을 것이다. 그러나 P씨는 첫 강의를 위해 부인과 아들 앞에서 몇 번의 예행연습을 하고서야 강단에 섰다. 그는 평범한 서양화 강의를 하지 않았다. 그림 안에 감춰진 비밀을 마법의 열쇠로 잠금장치를 풀 듯 서양화를 해부해 나갔다. 반응은 좋았다. 입소문이 퍼졌고 병원에서는 인기 강좌가 되었다. 지역 도서관, 평생 교육센터, 공공기관, 정부종합청사 등 외부에서도 강의 요청이 이어졌다. P는 최선을 다했다. 1개월에 12번 이상 강의를 하기도 했다. 코로나로 한동안 강의는 중단되었지만, 2023년부터 몇몇 기관에서 강의 요청을 해 오고 있다.

P의 인생 궤적을 다시 훑어본다. 도슨트 P는 1995년 S병원에 입사하였고 2032년 정년퇴직 예정이다. 2015년 내가 미술사 공부 목적이 무엇인지 물었을 때 "뭐, 가보면 길이 있겠지요"라고 미적지근하게 답했던 그의 속내도 되새겨본다. 그는 2015년에 이미 은퇴 없는 삶을 설계했을지도 모른다.

정년퇴직을 9년 남겨 둔 도슨트 P는 퇴직을 당당히 기다리는 샐러리맨이 확실하다. 정년 후에도 은퇴 없는 삶을 이어 갈 P의 미래를 4월의 초록 위에 그려본다. 힘찬 박수를 미리 보낸다.

헬조선과 한국 예찬

2022년 6월 초, 방배동 집에 반가운 손님이 방문했다.

나에게는 두 명의 처형, 세 명의 처제 그리고 한 명의 처남이 있다. 두 번째와 막내 처제는 미국에 산다. 해외에 거주하는 친지들이 귀국하면 교통이 편리한 우리 집에서 가끔 묵어가는 경우가 있다. 이번에는 텍사스에 있는 두 번째 처제의 딸 Y.H가 결혼을 앞두고 배우자와 함께 귀국했는데 며칠 우리 집에서 머물기로 한 것이다.

Y.H의 배우자 션Sean Pfarr은 텍사스 출신 미국인이다. 만나기 전에 덩치는 산만큼 크고, 숨소리도 요란한 청년을

상상했는데 아담한 동양적 체구를 갖추고 있다. 한국어를 구사하려고 애쓰기도 하고 붙임성이 좋을 뿐만 아니라 매사에 적극적이다. 게다가 돼지고기, 쌈장, 연잎밥, 국수, 곱창 등 못 먹는 한국 음식이 없다. 아내가 내놓은 음식은 먹기도 전에 먼저 '맛있겠다'부터 말하고 먹는다.

'안녕하세요' '좋은 집에 머물게 해 줘서 고맙습니다'를 할 때마다 고개까지 숙인다. 미국인에게서 쉽사리 볼 수 없는 한국적 행동이다. 하긴 배우자가 예쁘면 처가 말뚝 보고도 절을 한다는 속담이 있으니.

션은 잠시 서울에 머물면서 한국 문화에 충격을 받은 게 확실하다. 강남역 근처에서 안과, 피부과 진료를 하루에 받을 수 있고, 새벽 배송 서비스, 안전한 밤거리 문화를 며칠 경험하고는 한국예찬론자가 되어 버렸다.

나는 언론이나 젊은이의 입에서 헬조선이란 말을 자주 접한다. 지옥을 의미하는 헬hell과 우리나라를 의미하는 '조선'을 결합하여, 열심히 노력해도 살기가 어렵다는 뜻으로 한국 사회를 부정적으로 이르는 말이다. '4포세대'라는 말도 있다. 미래의 불확실성으로 젊은이들이 연애, 결혼,

출산, 인간관계를 포기하며 지어낸 우울한 용어다. 우리나라 4포세대들이 '지옥 같은 대한민국'이라 평가 절하하는데 션은 한국에서 살고 싶다는 말도 스스럼없이 내뱉는다.

우리는 대중교통의 편리함과 효율성, 저비용의 양질 의료서비스, 신속한 배달문화를 평범한 일상으로 받아들인다. 그러나 미국 젊은이에게는 그런 우리의 일상이 신선하게 느껴졌나 보다.

이들 젊은 커플은 며칠 후 경주를 방문할 계획이다. 한국의 많은 지역 중 왜 경주를 택했을까. 한국의 역사를 알고 싶어 하는 미국의 젊은 청년이 가고 싶다고 했다는 것이다.

"이모부, 삼국시대 이전의 국가는 어떤 왕조였나요?"

식탁에서 션이 내게 던진 질문이다. 아찔했다. 즉석에서 대답을 못 했더라면 가족 망신, 국가 망신을 톡톡히 당할 뻔했다.

오늘의 한국뿐만 아니라 한국의 고대사까지 알고 싶어 하는 미국인 청년을 보며 나 자신은 한국을 얼마나 알고 있나 자문해 본다. 부동산 보유세, 종부세 탓만 하지 말고 중학교 한국사韓國史라도 다시 들여다봐야겠다.

책 한 권의 인연

인연은 향나무다
은근한 향내가 있는 듯 없는 듯 오래간다

인연은 꽃샘바람이다
꽃의 향기도 있지만 차가움도 있다

인연은 나무말미다
삶이 힘들 때 한숨 돌릴 여유를 준다

2022년 1월 은퇴 후, 문화원과 평생교육원에서 글쓰기의 기본을 배웠다. 부족한 부분을 채우기 위해 추천 도서를 사기도 하고, 버리고 살기를 실천하면서 텅 빈 서가에서 도움이 될 만한 책을 골라 읽기도 했다.

며칠 전 서가에서 『인생은 작은 인연들로 아름답다』 김정빈 엮음이라는 빛바랜 표지의 책 한 권이 손에 잡혔다. 첫 장을 조심스레 열어 보았다. 추억의 시곗바늘이 순식간에 19년 전 과거 속으로 거슬러 올라갔다. 직장 후배가 선물한 책이었다. 책의 앞 면지에 보내준 사람의 메모가 기다렸다는 듯이 선명하게 남아서 나를 반겼다.

수필집 『인연』을 드리려다, 이미 읽으셨을 것 같아서 이 책을 보냅니다. 팀장님, 생신 축하드립니다.

〈2003.08.26. HS, J. 드림〉

19년 전, 마흔다섯 번째 생일 선물로 HS가 보내준 책이었다. 그녀는 2003년 초에 입사한 신입 직원이었고 당시 나는 홍보팀 팀장이었다. 연건동 28번지, 대학로를 훤히 내다볼 수 있는 사무실에서 4년을 함께 일했으니 쉽게 사그라질 인연은 아니었다.

큰 키에 몸매도 날렵했던 신출내기 후배는 상사의 생일 선물로 줄 책 한 권 고르기 위해 몇 번이나 이 책 저 책을 집었다 놓았다 했을 것이다. 무더운 여름날 코끝의 땀방울까지 훔쳐내며 책장을 넘겼을지도 모를 일이다. 정성을 다해 선물한 책을 그동안 한 번도 들춰보지 않고 책꽂이에 팽개쳐 두었다. 다행히도 귀한 책은 나와 인연을 맺기 위해 몇 번 서가를 정리할 때도 버려지지 않고 용케 살아남았다. 아마도 나를 기다리고 있었나 보다. 미안하기가 짝이 없다.

속죄하는 마음으로 『인생은 작은 인연들로 아름답다』를 꼼꼼히 읽어 본다. 보내준 이의 메모에서, 이미 읽었을 것이라고 뒷전으로 밀어냈던 피천득의 『인연』도 곱씹어가며 탐닉한다. 책갈피마다 향나무 향이 피어나고 꽃샘바람이 일고 나무말미의 여유가 넘친다.

후배가 보내준 책 한 권을 서가에서 찾아 읽으며 인연의 의미를 다시 생각한다. 나는 지나온 길에서 맺어진 소중한 인연은 도외시하고, 맺어지지 않은 먼 훗날의 인연을 기다리며 사는 것은 아닌지 모르겠다. 서가 앞에서 옷깃을 여민다.

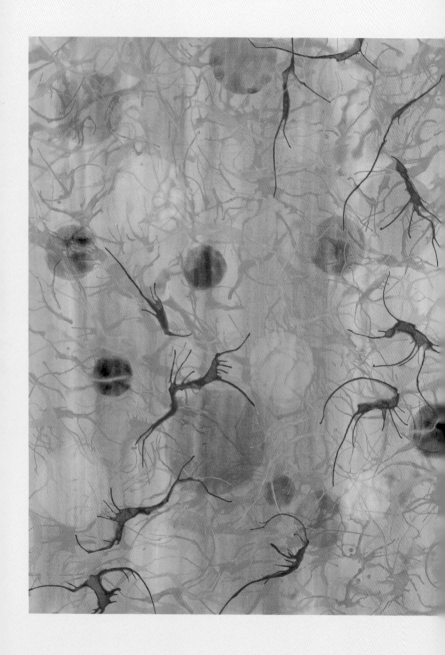